Rover

Es war nicht Butler Geralds Stil, zu protzen. Gut, er hatte eine Schwäche, die für alle sichtbar und groß im kleinen Hof seines kleinen Häuschens stand. Aber sonst? Gerade das Häuschen in dieser Reihe anderer runtergekommener Häuschen war Beweis dafür, wie wenig ihm daran lag, anderen zu zeigen, wie erfolgreich er war. Ja, er war sogar dermaßen anspruchslos, dass er weder Klimaanlage noch Ventilatoren brauchte, obwohl sein Häuschen nicht irgendwo, sondern in Bangkok stand, wo es nie wirklich kalt wurde. (Es sei denn, man empfand Temperaturen unter 30 Grad als kalt, was während des thailändischen Winters durchaus vorkommen konnte. Und wie sich herausgestellt hatte, war Butler Gerald so ein Jemand. Er war genau so ein Jemand, der sich in manch eisigen Bangkoker Nächten eine Heizung herbeiwünschte.)

Weil aber Butler Gerald in einer Siedlung lebte, in der nicht die Reichen und Verschönten ihr von Guards bewachtes Domizil hatten, sondern nur das untere Segment der thailändischen Mittelklasse, war alles in dieser Siedlung ein wenig anders als in den säuberlichen Siedlungen derer, die es sich leisten konnten und leisten wollten.

So z. B. fleuchte und kreuchte es in seiner Siedlung, wie es gerade lustig war. Winzige Ameisen stürzten sich auf Kakerlaken gigantischen Ausmaßes, die fliegen konnten, doch wenn sie einmal auf dem Rücken lagen, nicht wieder aufstanden. Termiten fielen in Häuser ein und zerfraßen sie, wurden sie nicht rechtzeitig von einem Pest-Kommando gestoppt. Knuffig kleine Geckos jagten Falter, die zweimal so groß waren wie sie selbst. Straßenköter besprangen sich in aller Öffentlichkeit, stürzten Mülltonnen um, um die Windeln darin zu fressen, oder pinkelten die Tonnen einfach nur an, um ihr Missfallen auszudrücken. Manchmal fetzten sie sich auch mit Katzen, von denen manche des Nachts wie kleine

2

Kinder greinten, bevor sie übereinander herfielen. Daneben gab es manchmal Hausbesuche von Riesenspinnen auf der Durchreise oder von kleinen Schlangen, die sich in der Hausnummer geirrt hatten.

Butler Gerald hatte mit all dem lieben Viehzeug keine Probleme, solange es außerhalb seines kleinen Häuschens blieb. Wer meinte, ohne Erlaubnis eine Besichtigung machen zu müssen, hatte dann eben mit den Konsequenzen seines Handelns zu leben.

Nun geschah es eines Abends, dass eine Katze in den Hof von Butler Geralds kleinem Häuschen eindrang. Sie schlüpfte einfach durch die weit auseinanderstehenden Gitter des Hoftores und schlich an Butler Geralds Prachtstück vorbei zum Eingang des Hauses. Der Eingang besaß zwei Reihen von Schiebetüren. Die erste Reihe bestand aus soliden Holztüren mit eingelassenen Glasscheiben. Die zweite Reihe bestand aus metallenen Gittertüren, die mit Fliegengitter versehen waren. Die Schiebetüren aus Holz und Glas waren nach links und rechts geschoben. Doch die Schiebetüren aus Metall- und Fliegengittern waren zugezogen und verbarrikadierten der Katze so den Weg. Sie blieb stehen und miaute.

Butler Gerald saß im Multifunktionsraum des Erdgeschosses am Küchentisch und war in seiner Arbeit vertieft. Das Klagen der Katze aber ließ ihn den Kopf heben und einen Blick auf sie werfen. Die Katze schien jung. Ihr Fell war bis auf die Pfoten und die Spitzen der Ohren kaffeebraun. Pfoten und Ohrspitzen waren schwarz.

Die großen Augen der Katze hielten Butler Geralds abweisendem Blick stand. Ihr Klagen gewann an Lautstärke.

„Was willst du, Kleines?" fragte Butler Gerald sie schließlich.

Zur Antwort hob die Katze eine ihrer Vorderpfoten und kratzte am Fliegengitter. Ihr Klagen wurde eindringlicher.

Butler Gerald schüttelte stumm den Kopf und widmete sich wieder seiner Arbeit. Das durchdringende Greinen störte ihn nicht weiter. An jeglichen Krach jeglicher Lautstärke hatte er sich in Bangkok inzwischen gewöhnt. Er bekam auch nicht mit, als die Katze aufgab und verschwand. Er hatte sie längst vergessen.

Er erinnerte sich ihrer erst wieder, als er am nächsten Abend wieder über seine Arbeit gebeugt am Küchentisch saß. Da sprang etwas in den Hof, lief zum Eingang des Hauses und klopfte vehement gegen das Fliegengitter der zugezogenen Gittertüren. Und damit es auch ja nicht ignoriert wurde, veranstaltete es lautstarken Radau dazu.

„Du bist das wieder", sagte Butler Gerald, nachdem er einen kurzen Blick Richtung Eingang geworfen hatte. „Gib's auf. Ich lass dich nicht rein", beschied er der Katze, bevor er sich wieder seiner Arbeit zuwandte und die Katze aufs Neue vergaß.

Die Katze gab jedoch nicht so einfach auf. Sie blieb hartnäckig und stellte sich am Abend darauf wieder vor das Fliegengitter. Sie klopfte, sie klagte – und schließlich versuchte sie durch den Spalt, den es zwischen den zwei Reihen von Schiebetüren gab, in das Häuschen zu gelangen. Einmal, zweimal, dreimal, viermal versuchte sie sich durch den Spalt auf der linken Seite des Eingangs zu zwängen. Dann versuchte sie es ebenso auf der rechten Seite. Nicht uninteressiert verfolgte Butler Gerald die angestrengten Bemühungen der Katze. Sie blieben erfolglos, wie auch Butler Gerald stur blieb. Das Tier kam ihm nicht ins Häuschen. Darin blieb er fest. Doch begann er sich zu wundern, warum die Katze auf Biegen und Brechen unbedingt in sein kleines Häuschen wollte. Was war so Besonderes an diesem Häuschen? Vielleicht der kleine Gecko, der kürzlich eingezogen war und den zu töten Butler Gerald sich bis jetzt nicht hatte überwinden können? Wusste die Katze etwa um diesen kleinen Anfall von Schwäche?

Jedenfalls schien seine Wachsamkeit wirklich nachgelassen zu haben. Anders konnte er es sich nachher nicht erklären, dass er wenige Wochen nach dem ersten Belagerungsversuch der kaffeebraunen Katze bei seinem allwöchentlichen Hausputz Hoftor und die Schiebetüren vor dem Eingang des Hauses weit offen stehen gelassen hatte.

Er wischte gerade das Multifunktionszimmer, als er am rechten Rand seines Gesichtsfeldes eine Bewegung wahrnahm. Er drehte sich danach um – und erstarrte. Auch sie blieb wie ertappt stehen und fixierte ihn mit ihren großen, grünen Augen.

Der Schreck war von kurzer Dauer und Butler Gerald ging mit dem Wischmop auf die Katze los. Die Katze blieb, wo sie war. Die tobende Gestalt machte keinen Eindruck auf sie. Als jedoch der Wischmop niedersauste und sie beinahe erwischte, erkannte sie die Gefahr. Sie raste los, Butler Gerald hinterdrein. Ein Sprung in den Hof brachte sie schließlich in Sicherheit.

„So nicht!" rief Butler Gerald ihr nach, bevor er die Gittertüren zuwarf, um sie ja draußen zu halten. Sie hatte ganz offensichtlich die geöffneten Türen als Einladung missverstanden! Hatte er sich erschrocken!!

Das Bild von der Katze im Häuschen verfolgte ihn bis in die Nacht hinein, als er auf seinem Bett lag und zu schlafen gedachte. So einfach wie gewöhnlich war es dieses Mal nicht mit dem Schlaf, der selbst, als er sich endlich einstellte, keine Sicherheit vor der Katze bot, da sie ihn bis in die Träume hinein nachlief.

Am nächsten Tag kaufte er einen kleinen Fressnapf und eine Tüte Katzenfutter. Gegen Abend des gleichen Tages füllte er das Futter in den Napf und stellte ihn in den Hof und wartete.

Das Futter lockte einen Besucher in den Hof. Doch war es nicht die kaffeebraune Katze. Es war der alte, fette weiße Kater, der sich für den König in dieser Siedlung hielt. Er machte kurzen Prozess mit dem Futter und pisste dann in den Hof.

Als Butler Gerald – enttäuscht darüber, dass die Kaffeebraune nicht aufgetaucht war – am nächsten Morgen in den Hof trat, um sauberzumachen, empfing ihn nicht nur der Gestank der Katzenpisse, sondern es erwartete ihn auch noch eine besondere Überraschung: gleich neben dem Eingang des Hauses lag eine sauber geschlachtete und bestialisch ausgeweidete Ratte. „Na, prächtig", dachte er nur. „Lecker Frühstück. Guten Appetit!"

Es war eine Heidenarbeit, das Gesplatter zu beseitigen. Entmutigen ließ er sich davon aber nicht. Vielmehr kaufte er eine weitere Tüte Katzenfutter. Jedoch: Wie er zuvor seinerseits wochenlang die Annährungsversuche der Kaffeebraunen zurückgewiesen hatte, so schien nun die Kaffeebraune ihrerseits ihn zu schmähen.

Dafür wurde sein Hof ein beliebtes Ausflugsziel aller übrigen Katzen aus der Siedlung. Die Anzahl der Ausflügler nahm derartige Ausmaße an, dass sich Butler Gerald schließlich gezwungen sah, Gegenmaßnahmen zu ergreifen. Er zog zuerst den Fressnapf wieder ein. Als sich das als nicht ausreichend erwies, brachte er Gitternetze an, um die Katzen vom Hof zu halten. Was dachten sich die Viecher denn, sich gegen sein Prachtstück zu vergehen?

Bald schon ging alles wieder seinen gewohnten Gang und Butler Gerald hatte die kaffeebraune Katze so gut wie vergessen. Sogar der Gecko war wieder ausgezogen! Da kehrte Butler Gerald eines Abends von einem Spaziergang heim. Schon von weiter Ferne hörte er Kampfgeräusche, die in der Nähe seines Häuschens ihren Ursprung haben mussten. Mit dieser Vermutung sollte er nicht ganz falsch liegen, wie er kurz darauf feststellen durfte.

Die Kaffeebraune versuchte das Gitternetz, was er zwischen den weit auseinander stehenden Stäben seines Hoftores befestigt hatte, zu erklettern oder es sogar zu durchbrechen! Es war nicht leicht für Butler Gerald dies genau einschätzen zu können, denn die Katze wurde bei ihrem Versuch unablässig von einem großen, schwarzen Vogel angegriffen. Ja, wirklich angegriffen. Er flog Attacke auf Attacke. Er hackte mit seinem Schnabel auf sie ein und hieb mit seinen Krallen zu. Aus ihren Wunden floss Blut. Doch anstatt sich dem Vogel zu stellen, rang sie darum, ihm zu entkommen. Dabei war sie sogar schon sehr weit gekommen – bis ein Schnabelhieb eine ihrer Vorderpfoten traf. Unter einem durchdringenden Aufschrei stürzte sie ab.

Ihr gelang es, auf allen dreien zu landen, geriet aber augenblicklich wieder unter die Attacken des Vogels. Mit dem Rücken zum Tor stellte sie sich endlich ihrem Gegner. Doch die kraftlosen Schläge ihrer Tatzen verfehlten alle ihr Ziel, währenddessen der Vogel unwiderstehlich vorrückte und sie erbarmungslos gegen das Tor drängte.

Butler Gerald war nicht der einzige Zuschauer dieses ungleichen Kampfes. Seine Nachbarn von schräg gegenüber, die Tag und Nacht Tisch und Stühle draußen stehen hatten, wo sie Nacht und Tag saßen, verfolgten den Fight voller Anteilnahme. Sie hatten darum gewettet, wann die Krähe als Sieger den Ring verlassen würde und feuerten die Katze an, auf dass sie nicht zu früh das Handtuch warf.

Butler Gerald konnte es nicht mit ansehen. Er stürmte vor und versetzte dem Vogel genau dann einen Fußtritt, als die Kaffeebraune blutüberströmt zusammenbrach. Der Vogel kreischte wütend auf, ließ aber von der Kaffeebraunen ab und flatterte keifend davon. Butler

Gerald war ein wenig überrascht, dass der Vogel sich nun nicht auf ihn stürzte.

Kaum war der Vogel am Himmel verschwunden, widmete Butler Gerald seine Aufmerksamkeit aber ganz der Kaffeebraunen. Er sah sofort, dass er etwas tun musste, sollte sie nicht vor seinem Hof elendig verrecken. So schloss er rasch das Hoftor auf, rannte über den Hof zum Eingang des Hauses und schloss ihn hastig auf, rannte dann hinein, ergriff das erstbeste Handtuch und rannte dann wieder hinaus, verschloss hastig wieder den Eingang, rannte wieder über den Hof und warf das Hoftor hinter sich zu.

Die Kaffeebraune lag da, wo sie kollabiert war. Kleine Pfützen Bluts hatten sich um sie herum gebildet. Butler Gerald hob sie ganz vorsichtig auf und wickelte sie ganz behutsam in das Handtuch, um sich dann mit ihr im Arm schleunigst auf die Suche nach einem Taxi zu machen, das sie schnellstens in eine Tierklinik zu bringen hatte.

Zum Glück bekam er recht schnell ein Taxi. Zum Glück war auch die Rush-Hour längst vorbei. Leider brauchte es aber Zeit, eine Tierklinik zu finden. Der Taxifahrer musste mehrmals mit seinem Handy telefonieren, bis er wusste, wo es eine Tierklinik gab und wie er dahin kam. Da er die Strecke noch nie gefahren war, brauchte auch das seine Zeit.

Schließlich aber stand Butler Gerald mit der Kaffeebraunen vor einer Krankenschwester, die ihn unverzüglich zu einer Tierärztin brachte, die sich sofort der Kaffeebraunen annahm. Wenige Minuten später lag die Kaffeebraune im OP.

Während die Tierärztin die Kaffeebraune operierte, füllte Butler Gerald mehrere Formulare aus und blätterte dann uninteressiert und ungeduldig durch irgendwelche bunten Blätter, die im Wartebereich auslagen. Weil er sich gar nicht auf das Geschreibsel konzentrieren konnte, stand er auf und wanderte auf und ab und dachte nach.

Es wunderte ihn, dass er sich gar nicht über seine Reaktion wunderte. Er war dem armen Tier beigesprungen, ohne sich auch nur irgendwas dabei zu denken. Als wäre es selbstverständlich. Dabei war er mal an einem Regentag an einer Pfütze vorbeigekommen, in der eine Katze lag und die rot von deren Blut war. Er hatte nichts getan. Und wie er einst die eine hatte liegen lassen, hatte er jetzt die andere gerettet. „So geht's", dachte er.

Je länger sich die Wartezeit hinzog, umso müder wurde Butler Gerald. Er setzte sich wieder hin und war bald eingeschlafen. Er erwachte aus unruhigen Träumen, als die Tierärztin ihn ansprach.

Die Tierärztin stand vor ihm. Sie hielt einen Korb in der Hand, in der die Kaffeebraune lag und schlief. Es war kaum etwas von ihr unter all den Verbänden zu sehen. Der Kopf war zudem von einem Kragen eingerahmt. Die Tierärztin bemerkte Butler Geralds Blick: <Es ist nur fast so schlimm, wie es aussieht. Ihre Katze hat noch all ihre neun Leben.>[*]

<Es ist nicht meine Katze. Nur ein Tier von der Straße>, erwiderte Butler Gerald und rappelte sich hoch.

<Wirklich?> fragte die Tierärztin. <Es verwundert mich, handelt es sich bei ihr doch um eine reinrassige Katze. Eine wie sie findet man eigentlich nicht auf der Straße.>

<So etwas ereignet sich leider immer wieder mal>, sagte Butler Gerald.

---

[*] Anmerkung: Die hier und an weiteren Stellen verwendeten spitzen Klammern bei der Personenrede bedeuten, dass die Figuren auf Thai sprechen. Die ansonsten verwendeten doppelten Anführungszeichen signalisieren, auch wenn das nicht ausdrücklich formuliert wird, dass die Figuren auf Englisch reden.

<Ja. Da mögen Sie Recht haben.>

<Egal! Sie haben einen klasse Job gemacht! Danke>, sagte Butler Gerald. <Darf ich sie mit heimnehmen, oder muss sie noch hier bleiben?>

<Sie wollen sie mit zu sich nach Hause nehmen?>

<Warum nicht?>

<Ja, warum eigentlich nicht? Darf ich Sie trotzdem fragen, warum Sie es tun? Sie ist doch nichts weiter als eine Straßenkatze.>

<Mit adligen Stammbaum>, ergänzte Butler Gerald lächelnd und schwieg. Er musste nachdenken. Warum wollte er das Katzenvieh mitnehmen? Es hatte nichts damit zu tun, dass es sich um verarmten Katzenadel handelte. Die Entscheidung war schon gefallen, bevor die Tierärztin dies erwähnt hatte. Nur: Warum hatte er sich entschieden? Waren es die Schuldgefühle? Ohne die Gitternetze hätte sie sich unter seinem Prachtstück in Sicherheit bringen können!

<Ich mag sie. Sie ist ein tapferes Kerlchen, das einem Kampf nicht ausweicht. Sie ist hartnäckig, nein, sie ist dickköpfig. Hat sie sich etwas in den Kopf gesetzt, zieht sie es auch durch, komme, was wolle>, sagte Butler Gerald.

<So findet sich eins zum andren>, murmelte die Tierärztin, bevor sie Butler Gerald in verständlichen Worten mitteilte, dass die Kaffeebraune noch mehrere Tage in der Klinik zu verbleiben habe, bevor sie entlassen werden könne. <Sie bräuchte auch dann noch etwas Pflege>, schloss die Tierärztin ihre Ausführungen.

<Ich hab doch schon gesagt, dass ich sie nehmen werde>, sagte Butler Gerald.

<Ich wollte nur sicher gehen, dass Sie auch meinen, was Sie sagen.>

<Ich stehe zu meinem Wort.>

<Das freut mich zu hören>, sagte die Tierärztin froh. <Hörst du>, fragte sie die schlafende Kaffebraune im

Korb leise. <Der *farang* will dich mit zu sich nach Hause nehmen. Du hast ein Glück, du. Du bist eine richtige Glückskatze>, sagte sie und schaute Butler Gerald an: <Sie sind ein guter Mensch.>
Butler Gerald winkte peinlich berührt ab.
In den nächsten Tagen besuchte Butler Gerald die Kaffeebraune, so oft es ihm möglich war, in der Tierklinik. Und so wie er die Zeit fand, bereitete er sein Häuschen auf die Ankunft der neuen Mitbewohnerin vor.

Den ersten gemeinsamen Abend verbrachten die Kaffeebraune und Butler Gerald auf der Couch im Multifunktionszimmer im Erdgeschoss seines kleinen Häuschens. (Streng genommen bestand das Erdgeschoss eigentlich nur aus diesem Multifunktionszimmer, sah man von einer im amerikanischen Stil eingerichteten Küche ab.) Die Kaffeebraune hatte es sich im Schoß von Butler Gerald bequem gemacht.
„Da sind wir nun, wir beide", sagte Butler Gerald zu der Kaffeebraunen. „Am Ende hast du es doch noch geschafft: Du bist in diesem meinem Häuschen angekommen. Das heißt: Du bist willkommen!! Von nun an ist es daher auch dein Heim. Ich hoffe, du weißt dich – anders als all die Schlagen, Spinnen, Geckos, Kakerlaken, Ameisen und Termiten – zu benehmen. Alle Räume stehen dir offen bis auf den einen: mein Schlafzimmer. Darin hast du jetzt und niemals etwas zu suchen, verstanden? Du hast dein eigenes Zimmer gleich neben dem meinen. Die zweite wichtige Regel: Stör mich nicht bei der Arbeit, ja?" Die Kaffeebraune nickte, als hätte sie verstanden. „Die dritte Regel... hmmmmh... Die dritte Regel... ach ja: Die dritte Regel lautet: Alles weitere regeln wir, wenn Regelungsbedarf besteht." Auch das schien die Kaffeebraune zu verstehen. Als Butler Gerald nichts mehr sagte, schaute ihn die Kaffeebraune

abwartend an, als hätte er noch etwas vergessen. Schließlich schlug sich Butler Gerald vor die Stirn: „Bin ich heute vergesslich!" Zu dem Tier in seinem Schoß sagte er: „Wir wurden noch gar nicht einander vorgestellt. Ich heiße Butler Gerald. Es freut mich, Ihre Bekanntschaft zu machen. Wie geht es Ihnen?" Er nahm eine der Vorderpfoten der Kaffeebraunen und schüttelte sie, was sie sich gefallen ließ. „Und Sie heißen?" fragte er sie dann. „Was? Sie haben noch gar keinen Namen? Nein, so was aber auch! Das kann nicht sein, nein, das darf nicht sein. Diesem Umstand müssen wir gleich abhelfen. Wer in diesen geheiligten Hallen wohnt, braucht auch einen Namen, auf dass ihn die Götter erkennen und mit Segnungen überhäufen."

Butler Gerald studierte die Kaffeebraune eingehend. „Wie möchten Sie denn gerne heißen, meine Liebe?" fragte er sie. „Eingemümmelt in weißen Bandagen liegen Sie vor mir, ihr Gesicht verdeckt ein majestätischer weißer Kragen. Soll ich Sie *Whitey* rufen?" Die Kaffeebraune zog eine Grimasse. „Ja, das kann ich verstehen. Wer will schon für weiß gehalten, wenn er in Wirklichkeit kaffeebraun ist. Wie wäre es dann mit *Cappuccino*?" Erneut schnitt die Kaffeebraune eine Grimasse. „Ja, Sie haben unweigerlich Recht. *Cappuccino* ist schlichtweg zu einfallslos. Und abgesehen davon: Was versteckt sich unter den Bandagen? Werden Sie immer noch kaffeebraun sein, werden Ihnen diese lästigen Dinger abgenommen? Oder werden Sie stolz eine Narbenlandschaft als Ausweis Ihrer Unbeugsamkeit tragen? Werden Sie also eine *Cappuccino* bleiben oder eher zu einem *Scarface* werden? Doch: Ihr Gesicht ist zufälligerweise von Verletzungen verschont geblieben." Die Kaffeebraune schaute ihn interessiert, aber auch zunehmend irritiert an. „Nein, die Krux mit Namen! Sie legen fest, was nicht festzulegen ist, da alles, was lebt, sich beständig verändert. Allein die Namen bleiben und können jemanden zu etwas machen, was er nicht ist oder nicht mehr ist." Butler Gerald verstummte und sinnierte einige Zeit still vor sich, bevor er wieder zu sprechen begann: „Narben... Aber keine im Gesicht. ... Narben von wem zugefügt? Von einem großen schwarzen Vogel... Mag vielleicht ein Rabe gewesen sein. Mmmh." Er schaute die Kaffeebraune an: „Was halten Sie von dem Namen *Rabennarbe*? Klingt er nicht mysteriös?" Die Kaffeebraune schüttelte heftig den Kopf. „Sie haben Recht. *Scarface* wäre geklaut. *Rabennarbe* wäre zu prosaisch. Und vielleicht war es gar nicht ein Rabe. Der Vogel war zwar groß und schwarz, aber irgendwie hässlich, oder nicht?" Wieder sinnierte Butler Gerald einige Zeit still vor sich hin. „Vielleicht war es eine Krähe?" Er schaute auf die Verbände der Kaffeebraunen. Es machte *klick* und er hatte einen Namen. „Hören Sie nur", sagte er mit Aufregung in der Stimme, „es mag für Sie ungewöhnlich klingen und Ihnen wahrscheinlich überhaupt nicht passend erscheinen. Aber wie gefällt Ihnen der Name *Schneekrähe*?" Die Kaffeebraune schaute ihn zuerst an, als wüsste sie nicht, was sie von diesem Vorschlag halten sollte. Aber der Name hatte was. Sie grinste. „Hätten wir das also geklärt?" fragte Butler Gerald sie. Die Kaffeebraune wandte sich von ihm ab. Sie hatte ein Geräusch im Hof gehört und musste schauen, um was es sich handelte. „Hätten wir das also jetzt geklärt, *Schneekrähe*?" wiederholte Butler Gerald seine Frage. Schneekrähe richtete ihren Blick wieder auf ihn. „Hätten wir das also geklärt."

So schön und idyllisch auch der erste gemeinsame Abend gewesen sein mochte, so brauchte es doch einige Zeit, bis Butler Gerald sich an den Umstand gewohnt hatte, nicht mehr alleine in seinem Häuschen zu hausen, sondern dieses mit einer Mitbewohnerin zu teilen – einer Mitbewohnerin, die ihren eigen Kopf hatte, der voller eigener Vorstellungen war, wie das Leben bei und mit Butler Gerald zu sein hatte. Diese Mitbewohnerin wiederum brauchte ihre Zeit, bis sie verstanden hatte, dass sie zwar viele Freiheiten besaß, aber Butler Geralds Gutmütigkeit begrenzt war. Weil sich aber beide – ein jeder auf seine eigene Art und Weise – bemühten, gelang es ihnen, sich in einem Arrangement einzurichten, in dem beide gut leben konnten. Ganz wichtig für Gerald Butler war hierbei, dass Schneekrähe schließlich akzeptierte, dass sein Schlafzimmer sein Schlafzimmer blieb und es für immer bleiben sollte. Sie bewies damit mehr Lernfähigkeit als ein kleiner Babygecko, der meinte, unbedingt in Butler Geralds Schlafzimmer einziehen zu müssen.

Gleich bei ihrer ersten Begegnung erschreckte der winzige Gecko Butler Gerald zutiefst. Mit so etwas hatte er überhaupt nicht mehr gerechnet. Er machte sich daran, den Gecko zu fangen. Doch dieser war an diesem Tag gewitzter als er und verschwand in einer Ritze der Zimmerdecke.

Bei ihrem zweiten Aufeinandertreffen zwei Tage später gelang es dem Gecko erneut, Butler Gerald zutiefst zu erschrecken. Butler Gerald war gerade dabei, eine CD in seine Anlage zu schmeißen, als er am Rande seines rechten Gesichtsfeldes eine Bewegung ausmachte. Bevor er wusste, was überhaupt Sache war, saß der Schreck schon in allen Gliedern. Er schaute genau hin.

Auf dem Boden steuerte der Gecko genau auf seine Füße zu. Unbeeindruckt zunächst. Doch blieb er mitten in der Bewegung überstürzt stehen, als er den Blick Butler Geralds auf sich gerichtet fühlte. Er schien zu wissen, dass es nun kein Entkommen mehr gab. Der Gecko verhielt sich damit nicht anders als einige Riesenspinnen, die auf der Wanderschaft durch sein Häuschen die Bekanntschaft Butler Geralds gemacht hatten.

Anders aber als die Riesenspinnen schien der Gecko nicht einfach gestoppt zu haben, um abzuwarten, was denn nun als nächstens passieren würde. Vielmehr schien er sich diesmal selber erschrocken zu haben – entweder über seinen eigenen Wagemut oder über die nun zu erwartenden Konsequenzen seines Wagemuts. Er war starr vor Schreck.

Der Gecko wich nicht aus und lief auch nicht davon, als Butler Geralds rechter Fuß sich ihm Stück für Stück näherte. Auch ein leichter Stupser erlöste ihn nicht aus seiner Schreckstarre. Nichts brachte ihn dazu, sich in Bewegung zu setzen und sich vor dem Zorn Butler Geralds in Sicherheit zu bringen.

„Na prächtig", dachte sich Butler Gerald. Er hockte sich vor den Gecko und wartete.

Minute um Minute verging und noch immer rührte sich der Gecko nicht. Schließlich erhob sich Butler Gerald, kramte ein Taschentuch hervor und kniete sich erneut vor den Gecko. „Ich geb zu, du hast Mikado besser drauf als ich. Tut mir nur Leid für dich, dass du nur auf so eine für Dich beschissene Weise diese Partie gewinnen konntest", sagte Butler Gerald und umschloss mit dem Taschentuch den Gecko, der im Mülleimer neben seinem Schreibtisch landete.

Die Bestattung des kleinen Geckos erfüllte Butler Gerald mit Unwohlsein. Und weil er keine Lust hatte, sich unwohl zu fühlen, entschied er sich, einen Spaziergang zu machen. Beim Anziehen der Turnschuhe tauchte Schneekrähe oben auf den Treppenabsatz auf und beobachtete ihn interessiert.

„Magst du mitkommen?" fragte er sie beim Öffnen der Schiebetüren.

Sie rannte auf ihn zu, schoss an ihm vorbei und schlüpfte nach draußen. Vor dem Hoftor blieb sie stehen und schaute sich nach ihm um, der sich beeilte, ihr nachzukommen.

Es war eine von diesen angenehmen Nächten. Es war nicht zu heiß, nicht zu kühl und auch nicht schwül. Und obwohl es Regenzeit war, regnete es diese Nacht nicht. Erstaunlicherweise war in dieser Nacht auch nicht viel los in der Siedlung und in den Straßen drumherum. Dabei waren seine Nachbarn doch nachtaktiv!

Es waren jedenfalls ideale Bedingungen für Butler Gerald, der es liebte, in heruntergekommenen Vierteln des Nachts unterwegs zu sein und Ecken ausfindig zu machen, wo er zuvor noch nie gewesen war. Man hatte ihn zwar mehrmals davor gewarnt, sich zur Geisterstunde in Bangkoks finsteren Gassen herumzutreiben, er hatte jedoch die Warnungen nie ernst genommen, was vielleicht daran lag, dass ihm bis jetzt nie etwas zugestoßen war. Und warum sollte er ausgerechnet heute auf die Warnungen hören, wollte er doch nur durch sein Viertel trollen, das zu den ruhigsten Vierteln Bangkoks zählte?

Wie Butler Gerald schien auch Schneekrähe der Ausflug zu gefallen. Sie flitzte hierhin, sie flitzte dorthin. Untersuchte mal dort was, erkletterte mal hier einen Baum oder ein Auto oder auch mal eine Mauer. Sie befand sich mal vor Butler Gerald, mal war sie hinter Butler Gerald. Doch immer kam sie zu ihm zurück. „Muss ein wenig Hund in sich haben", dachte Butler Gerald, als er sie bei ihrem Treiben beobachtete.

Plötzlich jedoch war sie weg und blieb es. Sie war in ein dunkles Seitensträßchen gelaufen, an dessen Ende eine einsame Straßenlaterne ein wenig Licht spendete. Vielleicht meinte sie, dass es eine dieser Straßen war, von denen sich Butler Gerald wie die Motte vom Licht angezogen fühlte. Vielleicht wär er auch in die Straße eingebogen, doch heute zog es ihn nicht. Stattdessen lief er schnurstracks an besagter Straße vorbei. Er lief und lief, bis ihm auffiel, dass Schneekrähe nicht mehr zu ihm zurückkam. Hatte sie sich etwa in der Straße verirrt?

Oder hatte sie den Anschluss verloren? Er blieb stehen – und wurde genau in diesem Moment des Geräusches wahr. Es klang nach dem Greinen einer Katze.

Butler Gerald konnte nicht sagen, ob es sich dabei um Schneekrähe handelte. Er rannte jedoch augenblicklich los. Der Aufschrei klang dermaßen verzweifelt – er musste etwas tun!

Butler Gerald rannte zurück, stürmte in die verlassene Seitenstraße und lief und lief. Der Anblick von Schneekrähe stoppte ihn schließlich.

Es war wirklich Schneekrähe, die da laut weinte. Butler Gerald sah sie eingetaucht im Lichtkegel der Laterne vor einer am Boden liegenden Frau hocken. Er ging zu der Frau und kniete sich neben ihr nieder. Sie war groß, viel größer als er. Ihre Haut war kaffeebraun wie das Fell Schneekrähes. Ihr Haar war aber silberweiß. Sie mochte gute zehn Jahre jünger sein als er. Sie hatte Shorts und ein T-Shirt an. Das T-Shirt und die Shorts hingen in Fetzen an ihr und waren an vielen Stellen dunkel verfärbt. Der eine Arm lag nach vorne ausgestreckt, der andere seitwärts. Die Arme waren voll blutender Wunden. Auch die Beine waren von Wunden übersät. Das eine Bein lag seltsam angewinkelt. An dem einen Fuß trug sie noch ihren Flip-Flop, der andere Fuß war eine einzige Schürfwunde und vom Flip-Flop nichts zu sehen. Butler Gerald beugte sich über ihr Gesicht. Ein tiefroter Strich zog sich quer über ihre linke Wange. Ihm fielen ihre spitz zulaufenden Ohren auf. Sie atmete, wenn auch schwach. Ihre Augen waren geschlossen.

„Äh... Hallo?" sprach er sie an. Keine Reaktion. „Na, superprächtig", dachte er, als auch nach fünf Versuchen noch immer keine Reaktion von ihr kam. „Erst der vorwitzige Gecko und nun das", sagte er zu sich selbst und schaute zu Schneekrähe.

Doch Schneekrähe war nicht mehr da, wo sie bis gerade eben noch gewesen war. Butler Gerald schaute irritiert umher: Wo konnte sie nur sein? Sie konnte ihn doch nicht einfach mit dieser bewusstlosen Frau alleine lassen. Schneekrähe war jedoch nicht weit. Sie war zu einer Stelle am Rande des Lichtkegels der Laterne getrottet. Wie Butler Gerald bei genauerem Hinsehen entdecken konnte, lag dort ebenfalls etwas. Mit viel Mühe und Halslangmachen erkannte er auch, was es war. Es war ein großer, schwarzer Vogel, der sich zu bewegen versuchte. Es wollte ihm aber nicht recht gelingen. Der eine Flügel hing weit gespreizt wie leblos herab und schleifte über den Boden. Er musste wohl gebrochen sein. Butler Gerald wollte Schneekrähe schon zurufen, das arme Tierchen in Frieden zu lassen – wehrlos wie es war –, als er den Vogel wiedererkannte. Es war derjenige, der Schneekrähe angegriffen hatte! Den schon geöffneten Mund machte er wieder zu. Doch kaum hatte er ihn wieder geschlossen, klappte ihm vor Verblüffung die Kinnlade runter.

Schneekrähe war bei dem Vogel angelangt. Es wäre ein Leichtes nun Rache zu nehmen. Stattdessen aber legte Schneekrähe dem Vogel wie zur Beruhigung die Pfote auf das Köpfchen und tätschelte es. Dann begann sie behutsam mit der Zunge das Blut am Köpfchen abzulecken. Doch was von Schneekrähes Mäulchen heruntertropfte war gar kein Blut! Und was sich nach und nach aus dem Gefieder des Vogels löste und auf den Asphalt klatschte, war gleichfalls kein Blut! Es war, wie Butler Gerald erschrocken bemerkte – das Schwarz des Vogels!!

Butler Gerald blinkte mehrmals und rieb sich die Augen. Er mochte nicht glauben, was er da im Dämmerlicht sah: Wo soeben noch ein schwarzer Vogel gewesen war, zeigte sich jetzt ein strahlend weißer. Es konnte nicht sein. Seine Augen spielten ihm sicherlich einen Streich! Oder?

Um seiner Verwirrung Herr zu werden, widmete er sich erst einmal dem Problem direkt vor ihm. Er drehte die weiterhin bewusstlose Frau auf den Rücken. Er durchsuchte ihre Taschen nach einer Geldbörse, einem Pass oder sonst etwas, was ihm Aufschluss über diese Frau geben konnte.

Es fand sich rein gar nichts.

„Na wunderprächtig", dachte er. Was sollte er nun tun?

Es kostete ihn einige Zeit und mehrere Anläufe, bis die Frau – Arm um seine Schultern gelegt und an ihn gelehnt, wobei sein Arm ihre Hüfte umfasste – stand. Er machte sich auf, wobei er sie mehr hinter sich her zog, als sie mit sich zu ziehen. Anders ging es aber nicht, denn für Hucke-Pack oder für über die Schulter war er einfach zu klein und sie zu groß.

Nach wenigen Schritten blieb Butler Gerald wieder stehen. Über die Schulter, auf der nicht der Kopf der Frau lag, rief er: „Schneekrähe! Heim geht's!"

Schneekrähe gehorchte augenblicklich. Doch auch der Vogel reagierte unverzüglich und begann, ganz jämmerlich zu krächzen. Schneekrähe stoppte sofort in der Vorwärtsbewegung und drehte sich zum Vogel um.

Butler Gerald schaute, wo Schneekrähe blieb, und sah, wie sie sich wieder dem Vogel näherte.

„Lass ihn", rief er ihr zu. „Er wollte dich töten. Geschieht ihm ganz recht."

Schneekrähe gehorchte dieses Mal nicht. Sie lief zum Vogel zurück. Bei ihm angelangt, packte sie ihn ganz vorsichtig mit ihrem Mäulchen am Hals und setzte ihn – wie sie das schaffte, konnte Butler Gerald nicht erklären – behutsam auf ihren Rücken.

So machten sie sich auf den Weg, der für Butler Gerald mit jedem zurückgelegten Meter mühseliger und qualvoller wurde: Er war nicht mehr so kraftvoll und ausdauernd wie einst. Zu seinem Glück gelang es ihm aber schließlich ein Taxi anzuhalten. Doch wenn auch der Fahrer bereit war, ihn und die Frau mitzunehmen, so weigerte er sich, das Katzenvieh mit seinem seltsamen Freund auf dem Rücken einsteigen zu lassen. Butler Gerald schaute Schneekrähe tief in die Augen. „Schaffst es allein heim?" fragte er sie. Als Antwort kehrte Schneekrähe dem Taxi den Rücken zu und sprintete los. „Bis gleich", rief Butler Gerald ihr hinterher.

Und wirklich: Als das Taxi mit ihm und er Frau vor dem Hoftor seines kleinen Häuschens anhielt, wartete Schneekrähe unlängst auf sie.

Der Taxifahrer war so freundlich und half Butler Gerald, die Frau ins Häuschen zu tragen, wo sie sie vorsichtig auf der Coach absetzten. Dann wetzte Butler Gerald in Schneekrähes Zimmer, in dem ein Bett stand, das er eiligst bezog, während der Taxifahrer unten bei der Frau wachte. Nachdem Butler Gerald wieder nach unten gerast war, trugen sie die große Frau gemeinsam nach oben und legten sie aufs frisch bezogene Bett.

Bevor der Taxifahrer ging, war er noch so nett und rief für Butler Gerald einen Arzt an, der bereit war, zu dieser ungewöhnlichen Stunde einen Hausbesuch zu machen. Und wieder war das Glück auf ihrer Seite: Solch einen gab es wirklich.

Über die Frau hatte Butler Gerald Schneekrähe und den großen Vogel keineswegs vergessen. Schneekrähe hatte den Vogel, sobald Butler Gerald das Hoftor aufgeschlossen hatte, in den Hof getragen und dort abgesetzt. Seitdem pflegte sie ihn, wie sie es verstand. Während der Taxifahrer die Telefonate führte, kam Butler Gerald kurz mit einem sauberen Handtuch nach draußen und legte es vor die beiden hin. Schneekrähe nickte. Sie packte den Vogel sacht am Hals und setzte ihn auf das Handtuch ab, derweil Butler Gerald sein Handy hervorholte und bei der Tierklinik anrief, die Schneekrähe behandelt hatte. Die Klinik versprach, jemanden vorbeizuschicken.

Der Jemand von der Tierklinik kam vor dem Arzt, den der Taxifahrer für Butler Gerald gefunden hatte. Es handelte sich dabei um die Tierärztin, die seinerzeit Schneekrähe operiert hatte.

Bevor sie sich dem neuen Patienten ansah, inspizierte sie rasch Schneekrähe.

<Wie ich sehe, geht es unserem damaligen Sorgenkind inzwischen ja ganz prächtig>, bemerkte die Tierärztin und lächelte Butler Gerald an.

<Seitdem Sie letzte Woche die letzte Bandage entfernt haben, geht es mit ihr beständig aufwärts>, erwiderte Butler Gerald.

Die Tierärztin lachte: <So wird's sein.> Sie kraulte Schneekrähe das Kinn, was diese zu mögen schien.

<Wenn ich nicht wüsste, in welchem Zustand sie war, ich würde kaum glauben, wie übel es war.> Sie schaute von Schneekrähe auf den Vogel und dann zu Butler Gerald: <Womit kann ich Ihnen heute dienen?>

<Helfen Sie bitte dem Vogel. Muss ein gebrochener Flügel sein>, erwiderte Butler Gerald.

Die Tierärztin schaute sich den Vogel genau an. Nur mit Mühe konnte sie einen Aufschrei unterdrücken. <Es ist...>, begann sie... und verstummte.

<... ein Vogel, der nicht weiß sein sollte>, beendete Butler Gerald den Satz. <Ich weiß.>

Die Tierärztin beugte sich widerstrebend zum Vogel hinunter. Ihr war sichtlich unwohl. <Eine weiße Krähe! Wie ist das nur möglich?>

<Ich weiß>, erwiderte Butler Gerald.

<Der Flügel ist auf jeden Fall gebrochen. Ich muss das Tier mit in die Klinik nehmen.> Die Tierärztin schaute auf.

<Bitte tun Sie's>, sagte Butler Gerald.

Die Tierärztin hatte das Handtuch, auf dem der Vogel lag, kaum angehoben, da sprang Schneekrähe sie an.

„Nicht!" bellte Butler Gerald. „Sie meint es gut. Sie will ihm helfen. Sie wird ihn gesund machen."

Schneekrähe griff die Tierärztin nicht an. Doch machten ihre steil empor gerichteten Nackenhaare und ihr misstrauisch-wachsamer Blick klar, dass sie jederzeit bereit war, über die Tierärztin herzufallen, um sie zu zerreißen.

Genau in dem Augenblick, in dem die Tierärztin dabei war, mit dem sicher in ihrem Wagen untergebrachten Vogel abzufahren, kam der Arzt, um nach der Frau zu sehen. Butler Gerald winkte – Abschied und Begrüßung in einem. Er brachte den Arzt sofort nach oben. Wie gewohnt warf er nach Betreten seines Häuschens die Gittertüren zu.

Die Frau war noch immer bewusstlos. Der Arzt untersuchte sie rasch und gewissenhaft. Fragen stellte er kaum. Er schien zu wissen, was er tat. Nachdem er seine Untersuchung abgeschlossen hatte, begann er die Wunden zu versorgen. Er arbeitete weiterhin rasch und konzentriert, wirkte aber gehemmt. Butler Gerald konnte sich den Grund denken, als der Arzt ihn bat, das Zimmer zu verlassen. Dabei hatte er nicht mehr gemacht, als einfach zugeschaut. Aber vielleicht war das schon zu viel gewesen.

So tigerte Butler Gerald ein Stockwerk tiefer auf und ab, derweil der Arzt tat, wofür er gerufen worden war.

Butler Gerald drehte eine Runde nach der anderen. Dabei kam er auch immer wieder an dem Eingang des Hauses vorbei. Er war so tief in seinen Gedanken versunken, dass er Schneekrähe, die außen vor den Gittertüren stand, gar nicht bemerkte. Durch Zufall erst fiel sein ziellos umherschweifender, nach innen gerichteter Blick doch noch auf das Tier, das er ausgesperrt hatte.

Schneekrähe hatte sich vor die geschlossenen Gittertüren gesetzt. Sie starrte auf die geschlossen Türen. Traurig, wie es Butler Gerald schien.

Sobald sie bemerkt hatte, dass er sie wahrgenommen hatte, setzte sie sich in Bewegung. Sie ging zu einer der zur Seite geschobenen Holztüren. In ihnen waren mehrere Glasscheiben untereinander angebracht. Bei der Tür angelangt, begann sie, ihr Köpfchen gegen den Rahmen der untersten Glasscheibe zu reiben. Einmal, zweimal, dreimal, viermal – sie hörte nicht auf, mit ihrem Kopf den Fensterrahmen entlang zu fahren.

Butler Gerald folgte gebannt ihren Bewegungen. Es machte ihn tieftraurig, was er da sah. Doch konnte er den Blick nicht abwenden, bis er in einem Reflex die Hände vors Gesicht schlug, um den Anblick von sich fern zu halten. Er wusste sich der unbekannten Traurigkeit, die ihn da mit einmal fest gepackt hatte und umschlungen hielt, nicht anders zu erwehren.

Nach mehreren Minuten spreizte er die Hände und wagte wieder einen Blick auf Schneekrähe. Sie hatte sich abgewandt und ging zum Hoftor. Er riss die Schiebetüren auf und rief Schneekrähe nach. Sie drehte beim Klang seiner Stimme sofort um, rannte auf ihn zu und schoss dann an ihm vorbei und verschwand im Inneren des Häuschens. Er schob die Türen wieder zu und setzte sich auf die Couch. Wie aus dem Nichts war Schneekrähe plötzlich da und machte es sich in seinem Schoß gemütlich.

Eine halbe Stunde später kam der Arzt die Treppe hinunter. Er erzählte Butler Gerald, um was für Verletzungen es sich handelte und für wie schwer er sie hielt. Er berichtete ihm, was er getan hatte, und sagte, was Butler Gerald nun zu tun hätte. Er schrieb Butler Gerald eine Reihe von Medikamenten auf und schrieb auch einige Rezepte. Fragen stellte er keine mehr.

Nachdem alles getan und gesagt war, ließ er sich von Butler Gerald für seine Dienste bezahlen, stieg in seinen Wagen und fuhr davon. Butler Gerald stieg die Treppen hoch und betrat Schneekrähes Zimmer, in dem jetzt die

Frau lag. Er schaute sie sich im Licht der Deckenlampe in Ruhe an. Der Arzt hatte sie fast so zusammenbandagiert wie die Tierärztin Schneekrähe nach ihrer OP. Die Frau schlief fest und mit einem friedvollen Gesichtsausdruck. Er löschte das Licht und ging wieder nach unten. Er nahm sich ein Bier aus dem Kühlschrank und machte es sich wieder auf der Couch bequem, auf der Schneekrähe längst eingeschlafen war.

Plötzlich war sie wach. Um sie herum war alles dunkel. Es war eine ihr unbekannte Dunkelheit. Sie konnte nicht sagen, wo sie war. Sie konnte nicht sagen, wie sie an diesen Ort gekommen war, von dem sie nicht sagen konnte, wo er war.

Sie fühlte sich erschöpft, zerschlagen und zugetreten. Eigentlich wollte sie sich umdrehen und weiterschlafen. Doch die unbekannte Dunkelheit machte ihr Angst. So kletterte sie aus dem Bett. Sie tastete blind nach einem Lichtschalter. Es gab hier sicherlich irgendwo einen. Es musste hier irgendwo einen geben. Sie fand ihn.

Das Zimmer war nicht allzu groß. Der meiste Platz wurde von dem Bett eingenommen, aus dem sie sich grad freigekämpft hatte. Es gab da aber auch noch einen kleinen Korb, der mit einer Decke ausgelegt war. Und dann gab es da noch etwas, das sie als einen Kletterbaum identifizierte. Er stand neben dem Körbchen. Und dann gab es da noch einen Kleiderschrank. Und dann gab es da noch ein Regal. Ein Regal voll mit Büchern.

Bücher! Sie konnte einfach nicht widerstehen. Sie ging zum Regal. Sie las die Titel auf den Buchrücken. Sie nahm einige der Bücher heraus und blätterte in ihnen, las sich beim Überfliegen hier und da fest. Es handelte sich um Fantasy- und Science-Fiction-Romane. Nicht wenige stammten von einem gewissen Gerald Butler. Sie hatte noch nie von ihm gehört, obwohl seine Bücher auf den Umschlägen in hohen Tönen gelobt wurden. Doch wie sie jetzt genauer nachdachte, fiel ihr auf, dass sie überhaupt keine Namen von Autoren kannte. Diese Einsicht gefiel ihr gar nicht. Verärgert stellte sie die Bücher zurück und wollte das Zimmer verlassen.

Der Schmerz raubte ihr den Atem. Jeder Schritt war wie ein Messer, das tief in sie stach. Sie versuchte, den Schmerz nicht zu beachten. Doch mit jedem Schritt schnitt er ihr tiefer ins Fleisch. Verkrampft hielt sie sich am Treppengeländer fest und rang mit sich um jeden Schritt. Ohne es zu merken, begann sie, zu greinen.

Endlich gelangte sie an das Ende der Treppe und stand in einem großen Raum, der – wie es schien – das gesamte Erdgeschoss einnahm. Auf einer Couch sah sie einen Mann und eine Katze. Die Katze hatte sich auf dem Schoß des Mannes zusammengerollt. Sie hatte ein Fell in der Farbe ihrer Haut. Der Mann war sicherlich zwei Köpfe kleiner als sie.

Mit der Geschwindigkeit einer Schnecke – aber auch mit deren Ausdauer – kam sie der Couch Schmerz um Schmerz näher, bis sie schließlich nahe genug war, den Mann mit ihren steifen Armen anzustoßen.

Der Mann wollte erst nicht so richtig wach werden, bis er durch seine schweren Lider hindurch sah, wer es war, der ihn geweckt hatte, dauerte es seine Zeit.

„Sie sind das", sagte der Mann. „Wie geht es Ihnen?"

„Ja, ich bin das", sagte sie. „Wo bin ich?"

„Bei mir daheim", sagte der Mann, der aufsprang, nachdem er die Katze sorgsam und ohne sie zu wecken von seinem Schoß gehoben und neben sich abgesetzt hatte. Er zeigte auf den freien Platz auf der Coach: „Setzen Sie sich bitte", sagte er mit sorgenvoller Mine, zu der er wohl auch allen Grund hatte, denn sie hatte zu schwanken begonnen. Ihre Beine wollten nachgeben. Sie ließ es zu, dass der Mann sie bei der Hand nahm und sie zum Sitzen nötigte.

„Möchten Sie etwas trinken?" fragte der Mann sie.

„Wasser wäre gut", antwortete sie.

„Kommt sofort", sagte der Mann, ging zum Kühlschrank, holte eine nicht angebrochene Flasche Wasser hervor, öffnete sie, schüttete das Wasser in ein sauberes Glas, griff einen der Stühle beim Küchentisch und kam mit Glas und Stuhl zu ihr zurück. Er reichte ihr das Glas, sie nahm es.

„Danke", sagte sie, während der Mann den Stuhl neben die Couch stellte.

„Keine Ursache", sagte der Mann, während er sich auf den Stuhl setzte. „Mein Name ist übrigens Butler Gerald."

Sie verschluckte sich und musste husten. Dann musste sie grinsen: „Sind die Bücher also von Ihnen?"

Der Mann guckte, als spräche sie etwas an, was ihm äußerst unangenehm war. Dann nickte er: „Sind sie. Damit's nur keiner merkt, erscheinen sie unter Pseudonym."

Sie lachte herzlich und fragte dann: „Was ist passiert?"

Der Mann schaute sie an: „Das wissen Sie nicht?"

„Mmmh... Nein?!"

In wenigen Sätzen erzählte der Mann ihr, wie seine Katze und er sie gefunden hatte und was seitdem alles passiert war.

„Danke", sagte sie, kaum hatte der Mann seine Erzählung beendet.

„Keine Ursache", sagte der Mann.

Sie schaute in ihr leeres Glas.

„Wissen Sie, wo wir hier sind?" fragte der Mann sie. „In welcher Stadt?"

„Warum fragen Sie? Wir sind in... in...", sie stockte. „Die Stadt heißt... sie heißt... sie...", sie brach kopfschüttelnd ab.

„Sie haben mir noch gar nicht ihren Namen verraten", bemerkte der Mann.

„Mein Name? Meine Name ist... hmmmh... Er lautet...", wieder brach sie kopfschüttelnd ab.

„Das hier", der Mann machte eine ausladende, alles erfassende Armbewegung, „ist Bangkok in Thailand. Sie sehen nicht wie eine Thai aus. Sie sprechen kein Thai. Sie sprechen Englisch, wenn auch zugegebenermaßen nicht *Oxford English*. Woher kommen Sie also, meine Liebe?" fragte der Mann sie weiter.

„Woher ich komme? Woher kommen Sie, mein Lieber?" entgegnete sie.

„Bitte fühlen Sie sich nicht angegriffen. Ich will Ihnen mit meinen Fragen nicht zu nahe treten. Wie es mir aber scheint, muss das, was Ihnen widerfahren ist, nicht nur zu äußerlichen Verletzungen, sondern auch zu einer Art Amnesie geführt haben. Sie scheinen unter einem Gedächtnisverlust zu leiden. Können Sie sich an irgendetwas erinnern, das sich vor dem Zeitpunkt ereignete, an dem sie wieder zu sich kamen und sich in meinem bescheidenen Häuschen wiederfanden?"

„Gedächtnisverlust? Wie kommen Sie denn darauf? Sind Sie etwa ein Experte darin?"

„Nein. Aber tun Sie mir den Gefallen: Bitte beantworten Sie mir meine Frage, wenn es Ihnen keine allzu großen Umstände bereitet."

„Reden Sie immer so geschwollen?" fragte sie, bevor sie in sich ging und nachdachte und fast im gleichen Moment den Kopf schüttelte. „Nichts da", sagte sie.

„Na wunderprächtig", sagte der Mann leise, den Kopf zur Seite gewandt.

„Was haben Sie gesagt?

Der Mann schaute sie an: „Ich habe gesagt, dass ich immer dermaßen geschwollen daherrede, wenn ich nervös bin oder aufgeregt oder müde. Genau zu diesen Gelegenheiten wagt sich meine gute englische Erziehung mutig ans Tageslicht vor, während sie sich ansonsten verängstigt in einer dunklen Höhle in einer finsteren Ecke meiner Seele versteckt."

„Mach ich Sie nervös?"

„Was nützt es, die Tatsachen zu verleugnen und der Wahrheit nicht ins Gesicht zu sehen?"

„Sie meinen?"

„Das: Ja. Eigentlich. Sie sind schön. Selbst die Wunden vermögen diesen Tatbestand nicht zu verbergen. Doch nein: Ich bin einfach nur müde."

„Verstehe ich Sie richtig? Sie wollen mit mir ins Bett, haben aber Muffensausen?"

„Sie denken zu rasch, meine Liebe. Um solch eine Geschichte handelt es sich hier nicht", sagte der Mann im belehrenden Tonfall. „Wovon ich spreche, ist Ihnen einen Vorschlag zu unterbreiten: Beide begeben wir uns zur wohlverdienten Nachtruhe. Nachdem uns der Schlaf hoffentlich die ersehnte Erquickung gebracht hat, werden wir uns Ihrer kleinen Unpässlichkeit zuwenden und eine Lösung für das kleine Problemchen ausbaldowern."

„Okay, But. Ich habe zwar nicht verstanden, was Sie alles daherschwafeln, aber wenn Sie mir helfen, bin ich dabei. Danke!"

Der Mann schaute sie an: „Was haben Sie da gesagt? ‚But'?"

„But. B. U. T. Kurzform von Butler", erklärte sie, bevor sie versuchte, sich aus der Couch emporzuarbeiten. Der Mann half ihr dabei. Als sie schwankend vor ihm stand, fragte er: „Ist das nicht zu tiefsinnig?"

„Sind Engländer nicht... äh-hmmmh... anders?"

„Wollen Sie damit zum Ausdruck bringen, dass sie für den Arsch sind?"

„Wie?" Sie stutzte. „Aaah! So!" Sie lachte. „Nein, nein. Nur kompliziert."

„Aber habe ich behauptet, Engländer zu sein?"

„Wer sonst würde die englische Erziehung über sich ergehen lassen, *public school boy*?"

Über das Gesicht des Mannes huschte der Anflug eines Grinsens. „Beeindruckend. Sie haben ein breites Weltwissen", sagte er. „Aber Ihren Namen wissen Sie nicht."

„Brauch man denn einen Namen?"

Der Mann schüttelte amüsiert den Kopf. „Sie sind mir eine", sagte er. „Einen Namen braucht man, wenn man etwas werden will."

„Ich dachte, man wird erst etwas und hat dann einen Namen."

„Die Antwort auf die Frage, warum so viele scheitern", sagte der Mann. „Doch zurück zu wesentlichen Dingen: Wie soll ich Sie nennen? Ich meine, bis wir herausgefunden haben, wer Sie sind oder bis Sie sich selbst daran erinnern?"

Sie standen noch immer vor der Couch. Von hier aus konnte sie in den Hof sehen, wo ein Wagen stand.

„Nennen Sie mich ‚Rover', wenn ich denn unbedingt einen Namen brauch."

„Interessante Wahl. Aber einverstanden", sagte der Mann und half ihr dann, den Weg zu ihrem Bett zurück zu finden.

Voller Erleichterung ließ sie sich ins Bett sinken. Der Schmerz wurde schwächer. Der Weg war trotz der Hilfe eine einzige Tortur gewesen. Der Schmerz hatte sich immer tiefer in ihr Fleisch gegraben.

„Danke vielmals", sagte sie schwach.

„Keine Ursache", sagte der Mann. „Und keine Sorge. Sie können so lange bleiben, wie Sie wollen. Ich helfe Ihnen. So weit, wie ich es kann. Und so gut, wie ich es vermag."

„Warum wollen Sie das tun?"

„Immer wieder die Frage nach dem ‚Warum'. Ist man denn heutzutage abnorm, wenn man seine Hilfe anbietet?"

„Ich weiß es nicht. Ich frage Sie nur: WARUM?"

„Warum nicht?"

Sie war schon dabei, einzuschlafen. Ihm zu gefallen, versuchte sie aber eine Antwort auf diese Frage zu finden.

„Ja. Warum eigentlich nicht?"

„Es gibt viele richtige Gründe, es nicht zu tun. Es gibt ebenso viele falsche Gründe, es zu tun."

„Hä?" war das Einzige, was sie noch herausbrachte.

„Kleiner Scherz. Schlafen Sie gut."

„Danke. Danke für alles."

Der Mann nickte und wollte schon den Raum verlassen. Im Türrahmen drehte er sich aber noch einmal um: „Zwei Dinge: Erstens: Das Zimmer, in dem Sie Ihr Nachtquartier haben, gehört meiner Katze Schneekrähe. Sie haben sie auf der Couch schlafen gesehen. Erschrecken Sie bitte nicht, wenn sie ihr Quartier aufsucht. Zweitens: Ich muss mich bei Ihnen für den Umstand entschuldigen, dass Sie noch immer die Sachen tragen, in denen Schneekrähe und ich Sie gefunden haben. Ich habe leider nichts in Ihrer Größe, dass ich Ihnen zur Verfügung stellen könnte. Morgen aber werde ich mich aufmachen, Ihnen passende Sache zu beschaffen. Sie sagen mir, was Sie haben wollen und ich werde es beschaffen. Es wird wohl noch einige Zeit in Anspruch nehmen, bis Sie wieder kräftig genug für eine Shopping-Tour sind."

„Weiß Ihre Katze, dass sie *Ihre* Katze ist?" fragte sie im Halbschlaf. Mehr war bei ihr nicht angekommen.

„Gute Frage. Doch nun: Gute Nacht." Der Mann löschte das Licht.

Sie hatte sich noch einmal bedanken wollen, war aber schon längst eingeschlafen.

Butler Gerald war lange vor Rover wach. Und er hatte schon mit der Tierärztin telefoniert, lange bevor er

Geräusche vernahm, die darauf hindeuteten, dass Rover ins Bad ging. War seine Küche *American style*, so war sein Bad auf jeden Fall nicht *American Standard*. Es war nicht eine dieser armseligen und trostlosen Nassfolterzellen. Es war eine kleine-feine-meine Oase des Luxus, in dem er für Rover schon alles rausgelegt hatte.

In dem Telefonat hatte die Tierärztin berichtet, in welcher Verfassung der Vogel sich befand. Ihren Bericht beendete sie mit der Bemerkung, dass sie den Vogel für ein Rätsel hielt.

<Weiße Krähen gibt es nicht>, sagte sie.

<Vielleicht ist es ein Albino. Es gibt doch auch weiße Tauben.>

<Nein, Mr. Butler. Bei dem Vogel handelt es sich nicht um ein Albino. Es ist auch keine Genmutation.>

<Was kann es dann sein? Eine von den Sachen, die es eben gibt, auch wenn es sie nach dem großen Plan nicht geben sollte?>

<Sie glauben, es gibt einen solchen Plan?>

<Da es viele Dinge gibt, die nicht in einen solchen Plan passen, muss es ihn wohl geben. Wie sonst könnten sie nicht in ihn reinpassen?>

<Sie sind ein Philosoph, habe ich Recht?>

<Nein. Bin nur inspiriert.>

Für einen kurzen Moment war da ein Schweigen am anderen Ende der Leitung.

<Wer hat Sie inspiriert?> fragte die Tierärztin.

<Ach!> rief Butler Gerald aus. <Ich bin nur froh, das es dem Vogel wieder besser geht. Die guten Nachrichten werden Schneekrähe sicherlich freuen. Haben Sie vielen Dank! Sie haben mal wieder eine hervorragende Arbeit geleistet!!>

<Man tut, was man kann>, sagte die Tierärztin. <Wollen Sie den Vogel auch bei sich aufnehmen?>

<Was wird mir anders übrigbleiben? Ich kann Schneekrähe unmöglich das Herz brechen! Sie haben sich so lieb.>

<Wie Sie meinen. Ich melde mich, sobald Sie den Vogel abholen können.>

<Danke! Ihnen noch einen recht schönen Tag!>

Die Tierärztin legte auf und Butler Gerald machte sich daran, für Rover ein Frühstück zuzubereiten.

Es war dann eineinhalb Stunden später, als Rover in einem viel zu kleinen Bademantel gehüllt Butler Gerald am Frühstückstisch gegenübersaß und gierig das Essen hinunterschlang.

„Es schmeckt Ihnen, wie ich zur Kenntnis nehmen darf", bemerkte er.

„Ja. Lecker", gab sie zur Antwort und fiel über den gebratenen Speck her. Mit vollem Mund fragte sie: „Mach ich dich wieder nervös?"

„Nicht im Geringsten."

„Dann hör auf, geschwollen zu schwafeln. Und spar dir das ‚Sie'."

Er schaute sie an, ohne etwas zu sagen.

„Nun?" fragte sie.

Er sagte immer noch nichts.

„HALLO?"

„Ich komme nur Ihren mir soeben geoffenbarten Wünschen nach."

Beide grinsten.

Nachdem sie eine zweite Fuhre gebratenen Specks in sich hineingeschaufelt hatte, fragte sie ihn: „Was mich interessieren würde: Wie kommt jemand wie du auf den Namen ‚Butler Gerald'?"

„Interessante Frage, meine Liebe. Handelt es sich um eine Geschichte, ist wohl der Autor dafür haftbar zu machen. Im realen Leben sind es wohl die Eltern, die den Kopf dafür hinhalten müssen. Auch wenn es nicht immer ihre Idee war."

„Es war also nicht ihre Idee."

„Oh, doch! Durchaus. Hab sie aber nie danach gefragt. Vielleicht wollten sie mir schon früh beibringen, immer auf dem Boden der Tatsachen zu bleiben und nie nach den Sternen zu greifen. Anstand und Bescheidenheit. Demut. Understatement. In England ist man sich in den richtigen Kreisen der Klassenschranken noch durchaus bewusst. Vielleicht war es aber auch einfach ein Versehen."

„A-ha. Also doch ein Tommy", sagte sie und fiel über das her, was ihrem Hunger bisher nicht zum Opfer gefallen war.

Als sie sich satt gegessen hatte, diktierte sie Butler Gerald eine Liste mit Dingen, von denen sie meinte, dass sie sie bräuchte. Die Liste umfasste nicht nur Kleidungsstücke, sondern auch noch andere Sachen.

Mit der Liste in der Hand machte sich Butler Gerald auch unverzüglich auf den Weg, derweil sich Rover wieder hinlegte. Sie hatte Heißhunger gehabt und war nun pappesatt und erschöpft. Essen konnte ganz schön anstrengend sein!

Sie erwachte, als sie Butler Gerald das Häuschen wieder betreten hörte. Sie fühlte sich gestärkt. Die Schmerzen waren auch spürbar zurückgegangen. So stand sie auf und machte sich auf den Weg nach unten.

Neugierig wühlte sie sich durch die Tüten, die Butler Gerald auf den Küchentisch gestellt hatte.

„Wow!" rief sie. „Nicht das erste Mal, das du für ne Frau einkaufs', was?"

„Ja?"

„'S is' alles so, als hätt' ich's selbs' eingekauft!"

„Alles eine Frage des Geschmacks."

„Hör ich da einen Hauch von Ironie?"

„Alles eine Frage des Geschmacks."

Rover sah Butler Gerald sehr intensiv an.

„Was?" fragte er.

„Nichts", entgegnete sie. „Lust auf eine kleine Modenschau?"

„Warum nicht?"

Rover nahm die Tüten und verschwand leicht humpelnd nach oben.

In der nächsten Stunde verwandelte sich die Treppe in einen Laufsteg, auf dem Rover die Kleidungsstücke in verschiedenen Kombinationen präsentierte. Die Sachen standen ihr wirklich ausgezeichnet. Und Butler Gerald bemerkte zu seiner Verwunderung, wie häufig er, ohne das in irgendeiner Weise beeinflussen zu können, während der Schau den Atem anhielt, obwohl ihre allzu steifen Bewegungen und all die Verbände nicht gerade sexy waren.

Die Modenschau kostete Rover viel Kraft. Sie kostete ihr so viel Kraft, dass sie sich anschließend hinlegte und bis zum Abend im Bett blieb. Als sie endlich wieder unten auftauchte, unterhielt sich Butler Gerald gerade mit Schneekrähe. Beide hatten es sich, wie es ihre Art zu sein schien, auf der Couch gemütlich gemacht.

„Ich verstehe immer noch nicht, was du da genau mit der Krähe gemacht hast. Ich kann auch nicht wirklich glauben, dass es tatsächlich passiert ist. Wie kann es sein, dass das Schwarz von einem Vogel abtropft wie Rührteig vom Rührhaken? Wir nehmen doch beide keine Drogen. Nicht einmal ein Bier hatte ich inne. Wie willst du mir das also erklären?" sagte Butler Gerald zu Schneekrähe, die ihm aufmerksam zuhörte. „Und weshalb konntest du das Viech nicht einfach seinem Schicksal überlassen? Es wollte dich töten. Erinnerst du dich nicht daran?"

„Was für ein Vogel?" fragte Rover, die auf dem letzten Treppenabsatz stehen geblieben war. Butler Gerald blickte auf.

„Oh, du. Genug geschlafen?"

„Nicht ganz. Aber der Hunger hat mich geweckt. Fühlt sich etwa ein Bär nach dem Winterschlaf so, wie ich mich jetzt fühle?"

„Da ich kein Bär bin und auch keinen kenne, kann ich dir darauf keine Antwort geben. Was es aber gleich geben wird, ist das Abendessen."

„Was für ein Vogel, But?" wiederholte Rover ihre Frage.

„Du hast ein Talent für interessante Fragen, dass muss ich dir lassen, meine Liebe. Um sie dir zu beantworten: Es handelt sich um eine Krähe. Du warst nicht allein, als wir dich fanden. Da war eben noch besagte Krähe. Sie hatte einen gebrochenen Flügel und kroch wenige Meter von dir entfernt umher. Schneekrähe insistierte, nicht nur dich zu retten, sondern ebenso auch diesen Vogel dazu."

„Und der Vogel hatte sie zuvor angegriffen. Und trotzdem-"

„Wer weiß, was in dem Köpfchen solch einer Katze so alles abgeht?" unterbrach Butler Gerald Rover. Er musterte sie für lange Augenblicke. „Deine Wunden waren ähnlich denen, die Schneekrähe im Kampf mit dem Vogel empfangen hatte. Vielleicht hat der Vogel auch dich angegriffen? Ihr habt gekämpft. Am Ende warst du bewusstlos und der Vogel hatte einen gebrochnen Flügel."

„Ist das die Geschichte dahinter?" fragte Rover, während sie langsam zum Küchentisch ging und dort Platz nahm.

„Ich weiß es nicht. Ich war nicht dabei."

„Warum sollte der Vogel mich angreifen?"

„Gute Frage. Vielleicht habe ich aber dieses Mal eine bessere: Warum hat der Vogel Schneekrähe angegriffen?"

„Aus dem gleichen Grund, wie er mich angegriffen hat."

„Ich sage ja: Jetzt wird's interessant."

Da meldete sich laut und vernehmlich der Magen von Rover.

„Ich verstehe", sagte Butler Gerald und bereitete in Windeseile das Abendessen zu, über das sich Rover voller Genuss hermachte. In der Pause zwischen der ersten und der zweiten Fuhre brachte sie den Vogel aber wieder zur Sprache.

„Du meinst, der Vogel hat mich angegriffen. Du meinst, es kam zu einem Kampf, der mit einer Art von Unentschieden endete. Und nach dem Schlussgong kamen du und Schneekrähe und habt den Vogel und mich gerettet?"

„Ich weiß nicht, ob es richtig ist, den Ausgang des Kampfes als ,Unentschieden' zu bezeichnen. Ich weiß nicht einmal, ob es wirklich einen Kampf gab. Und das Wort ,retten' ist mir auch ein bisschen zu stark. Doch... ja! Das könnte die Geschichte sein."

„Und was hat das alles mit Rührteig zu tun?"

„Äh. Ja. Das." Butler Gerald machte ein Gesicht, als würde man darüber besser nicht sprechen.

„Ja. Das!"

„Die Krähe ist weiß, musst du wissen", sagte Butler Gerald und stand rasch auf, um die zweite Fuhre Essen zu holen.

„A-ha", bemerkte Rover nur und widmete sich dann ausschließlich der neuen Anlieferung köstlicher Pasta. Auch Gerald Butler sagte für den Rest des Mahls nichts mehr.

Sie schauten nach dem Essen noch gemeinsam ein wenig fern. Butler Gerald hatte eine Schwäche für thailändische Soap Operas. Bei ihnen war alles so durchsichtig, weil sie so klar wie Wasser waren. Der Plot war logisch vorhersehbar. Butler Gerald machte sich ein Vergnügen daraus, den Plot zu nehmen und ihn zu verkomplizieren, unerwartete Wendungen einzubauen. Doch dabei musste man vorsichtig sein. Die Soap Operas waren ja gerade voll solcher Wendungen. Sie hatten aber den Fehler, erwartbar zu sein. Wie konnte man nun aus einer erwartbaren Überraschung eine überraschende Überraschung machen? Mit diesen Überlegungen vertrieb sich Butler Gerald die Zeit, wenn er nicht arbeitete oder sich mit Romanen von Autoren wie E. L. Doctorow, Nicholas Sparks, Bret Easton Ellis, Dennis L. McKiernan, George Orwell oder Somtow Sucharitkul fit hielt. Man konnte eben nicht schreiben, ohne zu lesen. (Man konnte jedoch schreiben, ohne zu schreiben!)

Rover bereiteten die Soap Operas ebenfalls Vergnügen. Ohne auch nur ein einziges Wort von dem, was gesagt wurde, zu verstehen, verstand sie, was passierte. Sie ging an einigen Stellen auch richtig mit. Doch war sie bald schon müde. Das Essen war wieder sehr anstrengend gewesen. So war sie vor Butler Gerald im Bett.


Butler Gerald fuhr aus dem Schlaf hoch. Es war mitten in der Nacht. Das Zimmer lag im Dunkeln. Er lag in seinem Bett und hatte tief und fest geschlafen. Alles war so wie immer.

Bis auf die Gestalt neben seinem Bett! Das war neu!! Das hatte es bisher nicht gegeben!!!

„Was?" fragte er.

„Hältst du mich?" fragte sie.

„Ich... äh... UH!"

„Das mein ich nicht. Keine Panik, kleiner Mann. Du sollst mich nur halten."

„Den Teil habe ich verstanden. Nur: Schau dich an. Wie du schon so nett warst zu bemerken: Du bist fast doppelt so groß wie ich. Ich sehe da gewisse technische Probleme."

„Hörst du sie nicht?" fragte Rover.

„Wen?" fragte Butler Gerald.

„Die Hunde. Sie bellen schon die ganze Zeit. Immer näher kommen sie und bellen. Bitte. Lass mich neben dir liegen. Ich habe Angst."

„Vor den Hunden?" wollte er sie fragen, doch er sagte nichts. Er rückte stattdessen zur anderen Seite des Bettes, um ihr Platz zu machen. Sie legte sich zu ihm. Sie nahm seinen Arm und legte ihn um sich, wobei die Hand auf ihrer linken Brust zu ruhen kann. Er wollte sie wegziehen. Sie jedoch wisperte: „Es ist okay. Kannst du fühlen, wie es vor Angst bebt?"

„Ja", erwiderte er ebenso leise.

„Löffelstellung", sagte sie.

„Entschuldige", sagte Butler Gerald einen Augenblick später, was Rover aber nicht mehr hörte, denn sie war schon fest eingeschlafen. Und wenn es ihm auch unangenehm war, mit der großen Frau das Bett zu teilen, so übermannte doch der Schlaf schließlich auch ihn wieder. Und als er am nächsten Morgen erwachte, war er wieder allein.

Hatte schon Schneekrähes Einzug das bisherige Leben Butler Geralds auf den Kopf gestellt, so verursachte die Ankunft von Rover in seinem Leben Chaos. Alles musste sich neu einspielen, ja, musste sich zunächst einmal ganz neu finden. Es lief, wie von ihm nicht anders erwartet, nicht ganz ohne Komplikationen ab.

So geschah es eines Morgens, dass er ins Band ging und dort unvermittelt auf Rover traf. Er erstarrte vor Schreck. Rover selbst stand vor dem Spiegel und schenkte ihm keinerlei Aufmerksamkeit. Ihre Aufmerksamkeit galt allein ihrem Körper, den sie im Spiegel eingehend inspizierte. Sie hatte die Verbände abgenommen und schaute sich die Narben an, die die Wunden hinterlassen hatten.

Bis auf ein Handtuch um ihre nassen Haare war sie splitter-faser-nackt.

„Oh!" sagte Butler Gerald mit Verspätung, nachdem er den ersten Schock überwunden hatte und aus der Starre wieder erwacht war. Er wollte auf der Stelle kehrt machen.

Rover schaute ihn im Spiegel an und mochte sich ein Grinsen nicht verkneifen. Sie drehte sich zu ihm rum.

„Ooh!" sagte Butler Gerald noch einmal. Er starrte. Er musste starren. Er konnte nichts dagegen tun. Sie war – rasiert!

„Gefällt dir, was du siehst?" fragte sie.

Er schluckte.

„Gefällt dir, was du siehst, But?"

„Ich habe doch schon zum Ausdruck gebracht, dass ich dich für schön halte."

„Ja, aber gefällt es dir? Magst du es? Magst du es anfassen?" fragte sie, trat zu ihm, kam ihm ganz nah.

„Komm her!" sagte sie und nahm seine Hand. Er entzog sie ihr nicht.

Langsam führte sie die Hand über ihre Brüste, über ihren Bauch, über ihren Hintern zum-

„Lass den Scheiß", schrie er auf und hatte sich schon losgerissen.

„Was denn, mein Lieber? Es ist doch nur ein Spiel. Eine unvermummte Wendung in dieser Geschichte."

„Vergiss das nächste Mal nicht, abzuschließen", sagte er und hatte die Tür schon längst von außen zugemacht.

Eines Abends geschah es dann, dass Butler Gerald endlich wieder Zeit gefunden hatte, sich in aller Ruhe an den Küchentisch im Multifunktionszimmer im Erdgeschoss seines Häuschens zu setzen und zu arbeiten. Rover verbrachte ihre Zeit lesend im Bett. Sie hatte sich vorgenommen all die Bücher aus dem Regal in ihrem und Schneekrähes Zimmer zu lesen.

Butler Gerald kam mit seiner Arbeit gut voran, bis Rover die Treppe hinunterkam. Sie hatte Durst bekommen und wollte sich etwas zu trinken aus dem Kühlschrank holen, der gleich neben dem Küchentisch stand.

Wie sie am Kühlschrank stand, versuchte sie einen Blick über Butler Geralds Schulter zu werfen und zu erhaschen, was er da so schrieb. Sie konnte jedoch gar nichts sehen, da Butler Gerald zu tief über das Papier gebeugt saß. So zog sie ihm einfach das Papier weg.

„Was schreibst du da? Was ist das?" fragte sie.

„MEINS!!!" kreischte Butler Gerald laut auf und starrte sie entgeistert an.

Nicht nur seine Mimik, auch den Ton in seiner Stimme schien Rover nicht zu bemerken. Sie war schon viel zu sehr in das vertieft, was sie da las.

„ICH HABE GESAGT: ES IST MEINS! **MEINS!!!** HÖRST DU NICHT, WEIB??" Butler Gerald sprang auf und flog auf sie zu, ihr das Blatt aus der Hand zu winden, woraufhin sie die Hand mit dem Blatt einfach nur in die Höhe reckte.

„Nanana! Werden Sie mal nicht zu tollkühn, wagemutiger Held der Lüfte", sagte Rover unbeeindruckt des Furors, der um sie herum tobte und wiederholt versuchte, an das Blatt zu kommen, und wiederholt scheiterte.

In einem verzweifelten letzten Ansturm hängte Butler Gerald sich in ihren ausgestreckten Arm und zerrte ihn mit aller Kraft nach unten, wobei beide zu Boden gingen. Dort dauerte der Kampf unvermindert an. Erst als Rover den Ausdruck in seinen Augen gewahr wurde, zögerte sie für einen Moment. In diesem einen Moment bekam er das Blatt zu fassen.

Das Blatt machte ein Geräusch, als es zerriss. Butler Geralds Rage verpuffte augenblicklich. Hilflos lag er neben der nach Atem ringenden Rover, die sich seltsam lebendig und vollkommen fühlte.

„Was hast du getan?" fragte er tonlos.

„Ich? Was habe ich getan? Du bist wie ein Berserker auf mich los. Nicht, dass ich es nicht genossen hätte, aber wegen eines dummen Blattes? Hallo?"

Er weinte fast: „Du verstehst das nicht."

„Was verstehe ich nicht?"

„Den Zauber eines unwiederbringlichen Moments der Schönheit. Es ist so schwer, diesen Zauber zu weben. Und sein Gewebe ist so fragil, so anfällig. Der Zauber – es war mir gelungen, ihn zu zwingen, sein Wunder zu wirken." Butler Gerald hielt ihr das zerrissene Blatt hin: „Das werd ich nicht noch einmal so schreiben können. Und was dieser Stelle folgen wird, wird auch nie so schön werden, wie es hätte werden können, wäre der Zauber nicht brutal und gedankenlos und aus reiner Niedertracht gebrochen worden."

„Es war doch nur ein Spaß, ja? Es tut mir Leid, ja", sagte sie, erhob sich schwerfällig vom Boden und rannte, so schnell sie es vermochte, in ihr Zimmer. Aus dem tauchte sie an diesem Abend nicht wieder auf.

Als sie am nächsten Morgen die Treppe schließlich wieder runterkam, erwartete sie ein besonders leckeres Frühstück.

Auch Schneekrähe musste sich auf die veränderte Situation einstellen. Und wie Butler Gerald hatte sie es dabei nicht ganz leicht. Es waren irgendwie zu viele Menschen in dem zu kleinen Häuschen. Es waren zu viele große Menschen in ihrem zu kleinen Zimmerchen. Sie zog sich zurück. Sie war häufig draußen. Sie schlief immer häufiger auf der Couch und immer weniger in ihrem Zimmer.

Butler Gerald bemerkte die Veränderungen im Verhalten Schneekrähes und beschloss, mit ihr darüber zu reden. Er setzte sich mit ihr an einem Nachmittag zusammen, an dem er meinte, von Rover nicht gestört zu werden. Jedoch trieb der Zufall Rover an diesem Nachmittag von ihrem Bett nach unten zum Kühlschrank. Butler Gerald unterbrach seine Rede, kaum wurde er Rover gewahr. Als sie sich aber nicht zu ihnen gesellte, sprach er weiter, während Rover hungrig den Kühlschrank durchsuchte und dabei jedoch alles mitbekam, was Butler Gerald zu sagen hatte.

Sie fand, was sie suchte und machte sich wieder nach oben. Aber da kam ihr ein Gedanke und sie ging wieder nach unten.

„Möchte mich ja nicht in Eure Angelegenheiten einmischen" sagte sie zu den beiden auf der Couch. „Könnte es aber vielleicht sein, dass Schneekrähe eifersüchtig ist?"

„Eifersüchtig?" fragte Butler Gerald zurück.

„Sie ist eine Frau, oder nicht?"

„Ist das nicht ein Klischee?"

„Vielleicht. Aber nicht alles muss unwahr sein, was nach einem Klischee aussieht."

Rover wandte sich zum Gehen. Butler Gerald schaute Schneekrähe tief in die Augen: „Bist du eifersüchtig?"

Er war sich der Antwort, die er in ihren Augen las, nicht so sicher.


Einige Tage nach diesem Gespräch kam es zu einer weiteren Veränderung in den Leben von Butler Gerald, Schneekrähe und Rover. Die Tierärztin rief an und teilte Butler Gerald mit, dass der Vogel wieder ganz gesund sei und abgeholt werden könne, wenn er ihn denn noch aufnehmen wolle. Während des kurzen Telefonats kam Schneekrähe angeschlichen und setzte sich vor dem beim Telefon stehenden Butler Gerald. Sie schaute ihn voller Spannung an, als wüsste sie, worum es ging. Kaum hatte Butler Gerald aufgelegt, ergriff er die verblüffte Schneekrähe und warf sie in die Luft: „Hey!! Frohe Kunde, meine Liebe! Dein Freund kommt heute aus'm Krankenhaus. Fein, was??" Er fing sie sicher wieder auf. Verunsichert sagte sie nur „Miau".

Butler Gerald und Rover fuhren mit dem Taxi zur Tierklinik, wo die Tierärztin sie in Empfang nahm. Sie trug einen Käfig bei sich, in dem der Vogel saß. Der Vogel versuchte, mit seinem Schnabel die Stäbe aufzubiegen.

„Da läuft doch wirklich grad ein Ausbruchsversuch", sagte Rover und zeigte auf den Käfig. „Sympathisches Tier."

„Mit dem Käfig dürfte es kein Transportproblem geben", sagte die Tierärztin.

Butler Gerald schaute sie fragend an. Die Tierärztin sah ihn nicht an. Rover schaute sich den Vogel derweil genauer an.

„Der ist ja wirklich ganz weiß", sagte sie.

„Sprechen wir nicht davon. Es bringt Unglück", sagte die Tierärztin.

„Glaub ich nicht. Es gibt kein Unglück. Es gibt nur missverstandenes Glück", sagte Butler Gerald und nahm der Tierärztin den Käfig aus der Hand.

<Wer hat Sie inspiriert?> fragte sie leise.

„Sie haben wieder ein kleines Wunder vollbracht. Ich bin Ihnen zu großem Dank verpflichtet. Meine Katze wird überglücklich sein", sagte Butler Gerald für alle verständlich.

„Stets zu Diensten", erwiderte die Tierärztin.

Butler Gerald und Rover fuhren mit dem Taxi zurück. Der Käfig mit der weißen Krähe stand zwischen ihnen. Sofort nach ihrer Ankunft nahm Butler Gerald den Käfig und stellte ihn in den Hof. Er öffnete das Türchen.

Die weiße Krähe, die im Taxi noch ganz ruhig gewesen war, wurde mit einem Male lebendig, sprang aus dem Käfig und schwang sich in die Luft. Da Butler Gerald schon vor einigen Wochen alle Gitter und Netze aus dem Hof entfernt hatte, konnte die weiße Krähe durch nichts gebremst werden. Sie flog vom Hof, stieg hoch und immer höher, umkreiste die Siedlung und kam dann wieder zum Hof zurück. Sie steuerte auf eine Gruppe Tauben zu, die sich auf dem Hoftor aufgereiht hatten.

Doch in dem Moment, in dem die Tauben der weißen Krähe gewahr wurden, flatterten sie in Panik auf. Ebenso machte sich eine Gruppe Spatzen vor dem Hoftor aus dem Staub, als sie die weiße Krähe anfliegen sahen.

Butler Gerald und Rover verfolgten das Schauspiel aufmerksam.

„Scheint wirklich richtig beliebt zu sein", bemerkte Rover.

„Da kenn ich noch jemanden", bemerkte Butler Gerald. „Ob ihr noch mehr gemeinsam habt? Vielleicht solltet ihr mal anfangen, gemeinsam auszugehen?" fragte er und öffnete die Schiebetüren vor dem Eingang des Häuschens, hinter denen Schneekrähe schon ganz ungeduldig wartete.

Rover entgegnete nichts.

„Entschuldige", fügte Butler Gerald hinzu, als er Rovers Gesichtsausdruck bemerkte.

Schneekrähe war inzwischen durch den entstandenen Spalt nach draußen geschlüpft und war nun im Hof. Augenblicklich kam die weiße Krähe angeflogen und landete direkt vor Schneekrähe. Sie begrüßten sich, indem sie die Köpfchen aneinander rieben.

„Ist es nicht verrückt, wie schön Liebe sein muss?" fragte Rover.

„Lass sie", sagte Butler Gerald.

„Ja! Stören wir nicht das junge Glück", entgegnete Rover und blieb, wo sie war, um das Pärchen weiter zu beobachten.

Kurz nachdem die weiße Krähe ein Teil des Lebens im kleinen Häuschen geworden war, fühlte sich Rover stark genug, sich endlich den Fragen zu stellen, wer sie sei, woher sie komme und was sie denn nun eigentlich in Bangkok verloren hatte. Bis jetzt hatte sie einen weiten Bogen darum gemacht. Und da Butler Gerald sie nicht drängen wollte, war bis jetzt auch kein Mal darüber gesprochen worden.

Zunächst versuchte sie allein, sich zu erinnern. Stundenlang lag sie auf ihrem Bett und ging all das durch, was sie wusste. Sie grub tief. Doch da war nichts. Nur einmal stieß sie auf ein Gefühl, das ihr seltsam alt und vertraut vorkam. Es war ein Gefühl von Verlust, das einen aussaugte und ganz leer und ausgehöhlt zurückließ. Sie musste weinen, wusste aber nicht, wieso.

Am Tag danach schauten sie und Butler Gerald Schneekrähe und der weißen Krähe beim Spielen im Hof zu.

„Ist es nicht ein Wunder, wie sich die beiden Krähen verstehen?" fragte Butler Gerald. „Warum nur nehmen die anderen Vögel vor der weißen Krähe reißaus, als hätte sie die Pest?"

„Sie hat den Charme einer Vogelscheuche", bemerkte Rover.

„Nah! Sie ist ein Katzenfreund. Das mögen die anderen wohl nicht."

„Niemand mag Verräter."

Butler Gerald rückte ein wenig von Rover ab und schaute sie an, sagte aber nichts.

„Wäre das nicht ein schöner Name für den Vogel? ‚Katzenfreund'?" versuchte Rover die Unterhaltung dann wieder in Gang zu bringen.

„Nah! Ich überleg schon seit Wochen, wie wir die weiße Krähe nennen sollten. Irgendwie ist es mir aber nicht möglich, auf einen Namen zu kommen. Die weiße Krähe entzieht sich einer Benennung. Zu fremd, zu unbekannt, zu..."

„... unerkannt", beendete Rover den Satz. Sie nahm die Hand Butler Geralds und zwang ihn, sie anzuschauen: „Ich bin so weit. Lass uns bitte auf die Suche danach machen, wer und was ich bin."

„Einverstanden", sagte Butler Gerald. „Aber kein Grund, melodramatisch zu werden." Er entzog ihr seine Hand und klopfte ihr zuversichtlich auf die Schulter. Sie lächelte verlegen - und er lächelte voll Gewissheit zurück.

Sie begannen an dem Ort ihre Nachforschungen, an dem Schneekrähe und Butler Gerald Rover aufgefunden hatten: in der verlassenen Seitenstraße nicht weit von der Siedlung.

„Hier hast du gelegen", sagte Butler Gerald und zeigte auf eine Stelle unterhalb der Straßenlaterne. „Und hier", sagte Butler Gerald und machte ein paar Schritte, „befand sich der Vogel." Er machte eine allumfassende Armbewegung: „Erinnert dich das an etwas? An irgendetwas?"

Rover blickte von der einen Stelle zur anderen. Sie hob den Blick und schaute die Straße einmal in der einen Richtung hoch und dann in der anderen Richtung runter. Ihre Blicke richteten sich gen Himmel. Es gab dort keine Wolken, nur die Sonne, die unbarmherzig auf sie nieder brannte. Sie schwitzte.

„Nein", war alles, was sie schließlich sagte.

„Das ist ausgesprochen unvorteilhaft, denn mag dies hier auch keine Sackgasse sein, so ist es für uns gerade eben eine geworden. Diese Straße war der einzige Anhaltspunkt, den wir hatten."

„But, du hast das Talent, das Offensichtliche offensichtlicher zu machen." Rover ging zur Laterne: „Was ist mit Polizei?"

„Was meinst du, warum ich dich nicht in ein Krankenhaus gebracht habe? Du kannst froh sein, dass bisher niemand Papiere von dir sehen wollte. Wir müssen streng unterhalb des Radars fliegen, willst du aus Thailand nicht rausfliegen."

„Ja, Daddy."

„Entschuldige, wenn ich wieder auf dem Offensichtlichen herumgetrampelt bin."

„Brauchst dich nicht zu entschuldigen, But. Hast ja Recht. Gibt's aber nicht doch irgendwie oder irgendwo-"

„Du hattest nicht einmal Kleingeld bei dir", unterbrach Butler Gerald sie.

„Nicht einmal Kleingeld?"

„Wenn's ein Raubüberfall gewesen war, wär es kein Wunder."

„Aber du hast doch gesagt, der Vogel hat mich angegriffen."

„Ich halte das für wahrscheinlich."

„Und du hast gesagt, dass er mich aus dem gleichen Grund angegriffen hat wie zuvor Schneekrähe."

„Vielleicht."

„Ja, aber warum sollte er das tun?"

Butler Gerald trat zu Rover: „Schau dich nur an, meine Liebe: kaffeebraune Haut, grüne Augen, spitz zulaufende Ohren. Schau dir Schneekrähe an: kaffeebraunes Fell, grüne Augen, spitz zulaufende Ohren."

Rover dachte still für einen Moment nach. „Der Vogel hat mich verwechselt", sagte sie schließlich.

„Vielleicht mochte er damals Katzen nicht besonders."

Rover machte ein ernstes Gesicht.

„Es war ein Scherz, Rover. Ein Scherz!"

Rover reagierte nicht.

„Rover?"

„Vielleicht. Vielleicht aber auch nicht", sagte Rover mehr zu sich selbst.

„Stopp, meine Liebe. Tu das nicht. Das ist nicht mehr witzig."

„Das behaupte ich auch gar nicht, But. Aber was, wenn ich in Wirklichkeit eine Katze bin? Du bist Schriftsteller. Ist das etwa nicht denkbar?"

„Eine Katze sich auszudenken, die sich in einem Kampf mit einem übermächtigen Gegner in einen Menschen verwandelt, um sich zu schützen? Durchaus."

„Es ist also möglich?"

„Durchaus. Aber nicht hier", sagte Butler Gerald kopfschüttelnd.

„Warum fühle ich dann, als hätte ich etwas verloren."

„Weil du dich verloren hast."

„Warum fühle ich mich so fremd?"

Butler Gerald grinste: „Das ist Bangkok, Kindchen. Und du bist eine *farang*."

„Nein, im Ernst."

„Spaß beiseite: Du bist ein Mensch und keine Katze. Ende."

„Was können wir denn dann jetzt tun?"

„In dieser Sackgasse? Gar nichts. Lass uns heimgehen. Morgen werde ich mich mal unauffällig bei der Polizei nach verschwundenen Ausländern erkundigen."

In der Nacht stand Rover wieder an Butler Geralds Bett.

„Ich hör sie auch. Bellen schon seit Stunden. Wie sie das nur schaffen, ohne heiser zu werden?! So sind sie aber, die Köter hier. Manchmal wünschte ich mir, ich hätte eine Pumpgun, die ich ihnen in ihr Maul stopfen könnte. Dann nur noch abdrücken."

„Ich habe Angst, But."

„Na, komm."

Butler Gerald rückte ein Stück zur Seite und sie legte sich neben ihm. Wie schon bei ihrem ersten nächtlichen Besuch musste er sie auch jetzt wieder halten. Und wie ganz selbstverständlich ruhte seine Hand wieder auf ihrer linken Brust. Ihre Hand lag diesmal auf seiner Hand. Wieder lagen sie in Löffelstellung

„Entschuldige", sagte er nach einem Augenblick, auch wenn sie ihn nicht mehr hören konnte, denn sie war schon längst eingeschlafen.

Am nächsten Morgen erwachte Butler Gerald wieder allein.

Butler Geralds Nachforschungen bei der Polizei und bei anderen Stellen ergaben rein gar nichts. Es gab zwar eine Menge verschwundener wie auch gesuchter Ausländer, doch keiner davon ähnelte Rover auch nur ansatzweise. Eine ganze Woche war er unterwegs und machte und tat, um zu diesem Ergebnis zu gelangen.

„Wieder eine Sackgasse", sagte er, als er mit Rover über das Ergebnis sprach.

„Es hat keinen Sinn. Lassen wir es einfach sein. Es soll eben nicht sein", erwiderte Rover.

„Alles hat einen Sinn, meine Liebe. Auch solch ein Unterfangen, das scheinbar keine Resultate bringt."

„Was für einen Sinn hat es dann?"

„Die Antwort darauf ist ganz einfach: Sein Sinn ist es, uns darauf hinzuweisen, dass wir auf dem falschen Weg sind."

Rover wägte die Worte Butler Geralds ab und schüttelte dann mit den Kopf: „Siehst du es nicht? Es ist aussichtslos."

„Das allein ist davon abhängig, wo man im Theater sitzt", sagte Butler Gerald. „Wir haben noch nicht alles versucht", fügte er nach einem Moment noch hinzu.

„Was schlägst du vor?"

„Etwas ganz Einfaches: geh zum Arzt! Deine Amnesie geht mir inzwischen auf den Geist."

„Ja? Ich soll zum Onkel Doktor? Wer war es denn, der unbedingt unter dem Radar fliegen wollte?"

„Alles eine Frage der Flughöhe." Butler Gerald drückte Rover einen kleinen Zettel in die Hand: „Das ist dein Arzttermin. Der Mann ist gut und weiß das Arztgeheimnis zu wahren."

Rover faltete den Zettel auseinander: „Ich weiß nicht, But. Wird er uns nicht genau das sagen, was wir nicht schon längst wissen?"

„Ich begleite dich", beendete Butler Gerald dieses Gespräch.

Rover war ein wenig aufgeregt, als sie im Wartebereich der Privatklinik saß. Butler Gerald veranlasste dies, ihr beständig gut zuzureden.

Als sie aus dem Behandlungszimmer zu Butler Gerald zurückkam, wirkte sie niedergeschlagen. Erst im Taxi berichtete sie von der Begegnung mit dem Arzt.

„Er sagte mir nur Dinge, die ich schon wusste. Gedächtnisverlust könne durch einen Schlag oder Sturz auf den Kopf ausgelöst werden. Es gibt keine Medikamente, die den Gedächtnisverlust rückgängig machen können. Entweder die Erinnerungen kommen zurück oder sie kommen nicht zurück. Wie sie wollen."

„Gibt es irgendeine Möglichkeit, die Erinnerungen aus ihrem Versteck hervorzulocken?" fragte Butler Gerald.

Rover lachte bitter.

„Was?"

„Wir haben die Möglichkeit schon ausprobiert."

„Wir waren nur an einem bestimmten Ort. Wir hatten uns für das Offenkundige entschieden."

„Was willst du damit sagen"

„Sind Sie das erste Mal in Bangkok? Dann müssen Sie unbedingt den Grand Palace, Wat Po, Wat Arun, den Golden Mount, die Sukhumvit, die Koasan Road, den Lumpinee Park und und und besichtigen. Es gibt so viel zu sehen in unserer schönen Stadt! Habe ich Sie neugierig gemacht? Lust auf ein bisschen sight-seeing?"

„Du meinst, es ist das wert?"

„Ein Versuch ist es immer wert!"

In den nächsten Wochen erkundeten Butler Gerald und Rover gemeinsam die große, weite Stadt. Mit dem Taxi oder mit dem Bus oder mit dem Skytrain oder mit der Metro oder mit dem Songtheo oder mit dem Motorrad-Taxi oder mit dem Boot (allein beim Tuk-Tuk streikte Butler Gerald) erfuhren sie sich ganz Bangkok. Dabei kamen sie auch in Straßen und Viertel, in die selbst Butler Gerald in seinen zehn Jahren in der Stadt der Engel nicht gekommen war. Dabei war ihm die Stadt vertraut – vertrauter als Blackpool, die Stadt in England, aus der er ursprünglich stammte.

Verlor Butler Gerald auch nicht für eine einzige Minute das eigentliche Ziel ihrer Touren durch die verschiedenen Quartiere aus den Augen, so verlor er sich doch allzu leicht in ihrem Treiben, wenn sie darin eintauchten. Hier war er daheim, hier fand er sich wieder.

Rover konnte der Sache dagegen kaum etwas abgewinnen. Sie war eine Fremde in einer seltsam fremden Stadt. Nichts war ihr bekannt, geschweige denn: vertraut. Nichts löste eine Erinnerung oder ein vertrautes Empfinden aus. Es deprimierte sie nur.

So schlug sie dann eines Nachmittags Butler Gerald vor, die ganze Sache abzublasen und es ein für alle mal gut sein zu lassen. Beide saßen sie zu dem Augenblick auf einer Bank im Benjasiri Park neben dem Shopping Center Emporium auf der Sukhumvit. Sie hatten freie Sicht auf den Teich in der Mitte des Parks.

Zunächst sagte Butler Gerald nichts zu ihrem Vorschlag. Er beobachtete weiterhin gänzlich ungerührt das Leben im Teich.

„Siehst du die Schildkröten?" fragte Butler Gerald sie plötzlich. „Sie schwimmen mal hier hin, sie paddeln mal da hin, dann gleiten sie wieder zurück, tauchen unter, tauchen auf – alles ohne Sinn und Ziel. So erscheint es uns zumindestens, die wir als Menschen zuschauen. Für die Schildkröten hat es aber einen Sinn. Für sie hat es ein System. Und wer weiß? Vielleicht denken die Schildkröten, wenn sie uns zuschauen ja auch, wir täten alles ohne Sinn und Ziel. Obwohl: Um sich solch müßigen Gedanken hinzugeben, müssten die Schildkröten mehr Zeit haben. Sie sind-"

„Spar dir deinen Lehrbuch-Vortrag", unterbrach Rover ihn. „Hör auf, mir und dir was vorzumachen."

Butler Gerald widmete sich wieder dem Leben im Teich.

„Magst du was trinken?" fragte er.

Sie nickte.

Er stand auf: „Ich geh uns was am Stand holen. Coke?"

Mehrere Minuten später kam er vom Verkaufsstand zurück, der sich zusammen mit einem zweiten im Eingangsbereich des Parks befand. Der halbe Park musste im gleichen Augenblick wie er Durst bekommen haben. Die Schlange war lang gewesen. Doch nun hielt er die eisgekühlten Dosen in seinen Händen und hoffte, Rover genug Zeit gegeben zu haben, ihren Entschluss genauer zu überdenken.

Was er vom weiten bei der Bank sah, auf der Rover saß, ließ ihn langsamer werden. Dann jedoch wurde er schneller und immer schneller: Zwei Männer standen vor der Bank und unterhielten sich angeregt mit Rover.

„Aaah! Der Mann mit der Coke ist da", begrüßte Rover ihn und nahm dankend die Dose entgegen.

Für einige Augenblicke herrschte ein allgemeines Schweigen, das peinlicher wurde, je länger es dauerte. Zwar war die Unterhaltung zu einem abrupten Ende gekommen, doch die beiden Männer gingen nicht weiter, sondern blieben, wo sie waren, von Butler Gerald misstrauisch beäugt.

„Entschuldigen Sie", durchbrach Butler Gerald schließlich das Schweigen, „wir wurden uns noch nicht vorgestellt."

„Ja, richtig!" sagte Rover. „Diese zwei Herren sind Mitarbeiter von Halliburton. Sie haben gerade ein Meeting hier in der Nähe – oder nein: sie sind gerade in der Mittagspause von ihrem Meeting."

„Na prächtig", sagte Butler Gerald mehr zu sich selbst. „Halliburton."

„Ist das schlimm, dass sie für Halliburton arbeiten?" fragte Rover.

„Sie bewerten Menschen nach ihrem Arbeitgeber? Ich möchte Ihnen ja nicht zu nahe treten, aber ist das nicht etwas voreilig und ungerecht?" sagte der eine von den beiden Männern zu Butler Gerald. Es war der jüngere von den beiden.

„Bitte tun Sie das nicht. Beurteilen Sie einen Menschen nicht nach seinem Arbeitgeber", sagte der ältere von den beiden Männern und reichte Butler Gerald die Hand.

„Habe ich von Ihnen gesprochen?" fragte Butler Gerald und ergriff die ausgestreckte Hand und schüttelte sie. „Ich habe nichts über Sie gesagt."

„Wie wahr, wie wahr. Es war ein irischer Ex-Pat in Paris, der über uns schrieb und etwas über uns zu sagen hatte", sagte der jüngere von den beiden Männern, der nun Butler Gerald die Hand hinstreckte.

Butler Gerald schlug sich vor die Stirn: „Deswegen kommen Sie mir so bekannt vor. Vladimir und Estragon!" Er ergriff die Hand des jüngeren Mannes und schüttelte sie energisch.

„Nicht ganz. Aber es ist wahr, wir werden leicht mit ihnen verwechselt", sagte der ältere Mann. „Es war James Joyce, der über uns schrieb."

„Sie kommen beide aus Dublin?" fragte Butler Gerald.

„Das wäre zu prosaisch", sagte der jüngere Mann. „Mein Freund hier ist Finnigan. Ich bin seine Welle."

Butler Gerald lachte laut heraus.

„Ernsthaft: Sein Name ist Nick Sparks und meiner ist Harold Maude", stellte der ältere Mann sie beide vor.

„Schlechter Scherz", dachte Butler Gerald und fragte die Männer: „Beide arbeiten Sie für Halliburton?"

Nick Sparks hielt seine Tragetasche mit dem Logo der Firma in die Höhe. „Einziger Arbeitgeber in der Stadt. Von irgendwas muss der Mensch leider leben", sagte er.

„Wenn er keine Wahl hat oder wenn man ihm keine Wahl lässt", sagte Gerald Butler leise, mehr zu sich selbst.

„Sie sagten?" fragte ihn Nick Sparks.

Butler Gerald wollte schon antworten, da tippte Harold Maude aufgeregt auf seine Uhr: „Die Mittagspause ist seit fünf Minuten rum." Er griff Nick Sparks am Arm, der mit einem Mal ebenfalls ganz nervös war, und zerrte ihn hinter sich her.

„Tschuldigen Sie! Anwesenheit wird kontrolliert. Wer nicht da ist oder zu spät kommt: Sie verstehen, was ich meine", rief Nick Sparks Butler Gerald und Rover noch über die Schulter zu, bevor er mit Harold Maude in einer Gruppe Jogger verschwand.

Endlich konnte sich Butler Gerald hinsetzen. Er öffnete seine inzwischen lauwarm gewordene Dose Tonic und trank genussvoll einen großen Schluck.

„Was?" fragte er nach einiger Zeit, als würde er erst jetzt der Blicke Rovers gewahr.

„Was war denn das gewesen?"

„Das sollte ich doch dich fragen?!"

„Wieso? Sie kamen einfach daher. Sie quatschten mich an. Sie wirkten nett. Ich habe mich mit ihnen unterhalten. Ende der Geschichte."

„Bist du dir da sicher?"

Rover rückte auf der Bank ein großes Stück von ihm weg und nahm ihn genau in den Blick: „Was. Ist. Dein. Problem?"

„Ich habe Probleme? Die Kerle haben dich angesprochen, meine Liebe."

„Was soll das bedeuten?"

„Hoffentlich nichts Ungutes für uns. Aber sie sind ja nett, nicht wahr?"

„Was ist nur los mit dir? Weißt du etwas, was ich nicht weiß?"

„Nicht, dass ich wüsste."

„Habe ich was falsch gemacht?"

„Sie sind doch nett, oder?"

Rover sagte nichts mehr. Sie konnte nur noch mit dem Kopf schütteln.

„Du hast ihnen also nicht deine Handynummer gegeben?" fragte er und schaute einer Schildkröte dabei zu, wie sie sich an einer Stelle des Teichs mühsam die Uferböschung emporrackerte. „Nette Schildkröte", sagte er schließlich.

Obwohl sie eigentlich nicht mehr wollte, setzte Rover die Streifzüge mit Butler Gerald durch die Stadt fort. Gelegentlich lief ihnen dabei Nick Sparks oder Harold Maude oder auch mal die beiden im Tandem über den Weg. Sie sprachen aber nicht mehr miteinander. Im besten Falle tauschten sie höflich Grußformeln aus. Nur einmal konnte es sich Butler Gerald nicht verkneifen.

„Dies ist zwar die Stadt der Engel, aber habt Ihr Engelmacher nicht viel eher was in Bagdad, der Stadt des Friedens, zu suchen?" fragte er Harold Maude ironisch. Rover schüttelte nur missbilligend den Kopf, als Harold Maude wieder außer Sichtweite war.

Mit der Zeit wurde Rover mit der Stadt bekannt. Sie lernte die Wege und Orte kennen. Sie fand sich immer mehr allein zurecht. Es brachte ihr zwar nicht die verschütteten Erinnerungen zurück, ließ sie aber neugierig werden. Es weckte das Verlangen in ihr, auch mal ohne Butler Gerald loszuziehen. Butler Gerald war zwar von dieser Idee nicht begeistert, doch hinderte er sie auch nicht, als sie eines Mittags in ihre Flip-Flops sprang und sich aufmachte. Wer war er, um etwas im

Vorhinein zu verurteilen? Vielleicht war es ja auch besser so. Und abgesehen von all diesen Überlegungen: Nun konnte er sich endlich mal wieder in Ruhe seiner Arbeit zuwenden. Er setzte sich an den Küchentisch.

Spät am Abend glitten die Schiebetüren geräuschvoll zur Seite und Rover erschien in der Öffnung: „Ta-ta."

Gerald Butler blickte von seiner Arbeit am Küchentisch auf: „Bist du nicht schon ein bisschen zu alt dafür?"

Sie stolzierte zu ihm und posierte vor ihm: „Was denkst du wirklich?"

„Warum bin ich nur zu alt für dich?"

„Danke", sagte sie und lächelte ihn an. Sie beugte sich vor und warf einen Blick auf den Stapel Papier vor ihm auf dem Küchentisch. „Woran arbeitest du?" fragte sie.

„An einer Geschichte?!"

„Hättest du was dagegen, wenn ich sie lese?"

Butler Gerald konnte nur das Gesicht verziehen.

„Könntest du sie mir dann vielleicht vorlesen?"

Butler Gerald zögerte.

„Bitte... BÜTTE!"

Butler Gerald wies mit der Hand auf die Couch, auf die sich Rover augenblicklich hinsetzte und ihn voller Spannung anguckte. Er nahm den Stapel Papier, räusperte sich und begann dann mit geübter Stimme die niedergeschriebene Geschichte vorzutragen.

Je weiter die Geschichte voranschritt, umso mehr veränderte sich Rovers Stimmung. Hörte sie zu Beginn voller Begeisterung zu und ging voll mit, zog sie sich ab einem gewissen Punkt in der Geschichte Seite um Seite zurück und immer weiter zurück, bis sie kaum noch da war. Ihr lächelnder Mund wurde zu einem Strich. Sie zog die Beine zu sich heran und verbarg sich hinter ihnen, verschanzte sich. Als das nicht mehr half, vergrub sie das Gesicht in ihren Händen. Tränen flossen über ihre Wangen. Schließlich war es unerträglich geworden und sie kreischte Butler Gerald an: „HÖR AUF!"

Butler Gerald zuckte vor Schreck zusammen und ließ den Stapel Papier fallen. Er war dermaßen in seiner Geschichte vertieft gewesen und dabei dermaßen tief in sie vorgedrungen und abgetaucht, dass er von dem, was um ihm herum vorging, gar nichts mitbekommen hatte. Schon gar nicht hatte er Rovers Stimmungsumschwung wahrgenommen

Er schaute auf. Er ließ die Blätter, wo sie waren und hastete zu ihr, sie in den Arm zu nehmen und zu trösten. Es brauchte einige Zeit, bis sie sich ein wenig beruhigt hatte.

„Warum weinst du?" fragte er sie.

„Hast du es nicht gemerkt?" fragte sie mit zittriger Stimme.

„Was habe ich nicht gemerkt?"

„Es ist meine Geschichte. Wort für Wort." Sie schluchzte: „Wie konntest du mir das antun?"

Butler Gerald kramte ein Taschentuch hervor und trocknete behutsam die nassen Wangen. „Es ist nicht dein Leben. Es ist nur Literatur", sagte er wie zur Beruhigung.

„Das soll nur Literatur sein, was du da geschrieben hast?"

„Ja."

„Es ist mein Leben! Wie hast du es nur geschafft, einen Zugang zu meinen Erinnerungen zu finden? ..."

„Du erinnerst dich?"

„Wie konntest du nur und mir nichts davon sagen, dass du einen Zugang gefunden hast? Um aus meinem Leben eine Geschichte zu machen, die du für viel Geld verkaufen kannst? WIE KANNST DU MIR DAS NUR ANTUN?" schrie sie und wollte auf ihn einschlagen.

Butler Gerald ergriff ihre Arme und hielt sie fest. Er zwang sie, ihn anzuschauen: „Diese Geschichte ist nicht dein Leben. Es ist Literatur. Es ist eine ganz bestimmte Art von Literatur, die nach ganz bestimmten Regeln,

Vorgaben, Mustern und Schemata gefertigt wird. Ich nehme vorgefertigte Bauteile und setze sie zusammen. Nichts davon hat mit der Wirklichkeit zu tun. Es ist eben nur Literatur."

„Ach ja?" Rover starrte ihn wütend an. „Warrow trifft Elf. Beide bestehen gemeinsam viele gefährliche Abenteuer. Warrow verliebt sich in Elf. Elf verliebt sich später in Warrow. – Warum kommt mir das alles nur so verdammt bekannt vor? Sag's mir, Warrow!" schrie sie ihn an.

„In deinem Zimmer hast du ein ganzes Buchregal voll mit diesem einen Plot."

„Ja! Nie um eine Antwort verlegen. Doch die Nummer zieht bei mir nicht. Hab sie alle gelesen, deine Schinken. Und die anderen aus dem Regal dazu. In keinem davon gibt es ein Liebespaar aus Warrow und Elf."

„Das bemängelte mein Verleger ebenfalls und verdonnerte mich deshalb zu einer Liebesgeschichte zwischen Elf und Warrow."

„WARUM KANNST DU ES NICHT EINFACH ZUGEBEN?" bellte sie ihn an.

„Weil es nichts zuzugeben gibt. Weil es Literatur ist. Es passiert nicht im wirklichen Leben."

„Also werde ich nie deine Elf sein", schluchzte Rover und riss sich los. „Wenn du das weißt, warum träumst du dann davon?" schrie sie schon auf dem Weg zur Treppe.

„Woher weißt du, was ich träume?"

„Rate mal", entgegnete sie, stürmte die Treppen hoch und ließ Butler Gerald allein zurück.

Butler Gerald erhob sich langsam von der Couch und ging daran, die über den Boden verstreut liegenden Blätter einzusammeln. Dabei sagte er von Zeit zu Zeit leise zu sich selbst: „Es ist nur Literatur. Nichts weiter. Nur Literatur. Nichts. Nur..."

Rover tauchte an diesem Abend nicht mehr auf und Butler Gerald hatte nicht den Mut, an ihrer Tür zu klopfen. Er wusste einfach nicht, was er sagen sollte oder sagen könnte.

Er wachte auf. Rover stand neben seinem Bett.

„Ich habe Angst", sagte sie.

Er hörte draußen einen einsamen Hund jaulen. Dann hörte er das Jaulen eines anderen einsamen Hundes. Er rückte ein Stück zur Seite.

„Es sind nicht die Hunde", sagte Rover leise, als sie sich zu ihm legte. „Es ist Schneekrähe. Sie mag mich nicht dafür, was ich dir heute an den Kopf geworfen habe."

Sie nahm wie schon bei den vorherigen Malen seinen Arm und legte ihn um sich. Wieder ruhte seine Hand wie selbstverständlich auf ihrer linken Brust. Wieder kamen sie in der Löffelstellung zu liegen.

„Entschuldigung", sagte er nach einem Augenblick, obwohl er wusste, dass sie ihn sicherlich nicht mehr hörte.

„Dafür solltest Du dich nicht entschuldigen. Jetzt nicht und niemals", erwiderte sie zärtlich. Sie drehte sich zu ihm um.

„Oh!" sagte er.

Am nächsten Morgen fand sich Butler Gerald in Rovers Umarmung wieder.

„Endlich ist mein Dunrig aufgewacht. Seine Chalida, die seinen Schlaf bewachte und dafür Sorge trug, dass keine bösen Träume ihn heimsuchen, wünscht ihm einen wunderschönen guten Morgen", flüsterte sie ihm zärtlich ins Ohr.

Butler Gerald musste sich erst in die Situation hineinfinden. Mit jemandem die Nacht verbringen, war eine Sache. Eine ganz andere war es, mit ihm am nächsten Morgen aufzuwachen! Er drehte sich zu Rover um.

„Bitte, Rover. Ich verstehe und bin dir auch nicht böse-"

„Was? Willst du nicht, dass ich bei Dir bin?" unterbrach sie ihn. Ihre Stimme bebte.

„Nein, nein. Ganz und gar nicht. Ganz im Gegenteil. Es ist nur: du… – verstehst du? – DU bist bei mir. Wenn du auch eine Traumfrau bist, so bist du doch keine Traumgestalt oder eine Romanfigur. Du bist wirklich. Belass die Fiktion in der Fiction."

„Es sollte doch nur ein kleiner Spaß sein."

„Ich verstehe das, glaub es mir. Aber das hier zwischen uns ist wirklich und es nichts, was zwischen zwei Buchdeckeln passt."

Sie war noch ein wenig gekränkt. Er küsste sie.

„Ich liebe es, mit dir aufzuwachen", sagte er.

„Das wird Schneekrähe sicherlich freuen zu hören." Rover erwiderte seinen Kuss.

„Ist sie denn nicht mehr eifersüchtig?" fragte er und küsste sie zurück.

„Das kann gut möglich sein", erwiderte sie und küsste ihn zurück…


Ob sich Schneekrähe über den Gang der Dinge freute oder ob sie darüber verärgert war oder ob es ihr schlichtweg egal war, ließ sich ihrem Verhalten nicht entnehmen. Ab diesem Morgen, an dem Butler Gerald das erste Mal mit Rover in seinem Bett erwachte, hatte Schneekrähe ihr Zimmer jedenfalls wieder für sich allein – zumindestens nachts. Butler Gerald hingegen musste von da in den Nächten nicht mehr von einer bestimmten Frau träumen, denn er schlief nicht mehr allein. Und das gemeinsame Aufwachen gewann er wirklich sehr schnell sehr, sehr lieb.

In der nächsten Zeit verbrachten Butler Gerald und Rover häufig nicht nur die Nächte im Bett. Es gab ganze

Tage, da sah Schneekrähe die beiden höchstens mal auf Kurzbesuchen beim Kühlschrank. Sie nahm es hin.

Und je mehr die mit Rover geteilte Zeit verstrich, umso mehr lebte sich Butler Gerald in dieses neue Leben ein. Das war nun sein Leben: Rover, Schneekrähe, die weiße Krähe, seine Arbeit und ganz hinten auf der Liste sein Prachtstück. Was konnte er mehr verlangen? Und was konnte schöner sein, als seine Zeit mit all dem zu verbringen, was ihm wichtig war? Und besaß er nicht das so seltene und so kostbare Privileg, genau das tun zu können? Und genoss Rover nicht auch diesen Luxus?


Rover kam eines Abends, als Butler Gerald über seiner Arbeit gebeugt saß, die Treppe hinunter. Kaum hatte er sie gehört, hatte er schon aufgeschaut. Ihr Anblick nahm ihm den Atem. Sie hatte sich richtig fein gemacht!

„Wir gehen heute aus, meine Liebe? Hab ich was verschlafen oder hast du spontan Lust bekommen?"

Sie kam auf ihn zu. Sie beugte sich kurz vor und berührte kurz mit ihren Lippen seine Stirn. „Nein", sagte sie. „Wir gehen heute nicht aus."

Sie lief weiter zum Eingang des Hauses, wo ihre Stöckelschuhe standen.

„Ich geh aus. Nick Sparks hat mich angerufen und mich zu einem Abendessen eingeladen."

Butler Gerald ließ den Kugelschreiber fallen. „Hast du ihm also doch deine Handynummer gegeben", war das Einzige, was er herausbekam.

„Stört es dich etwa? Es ist doch keine große Sache, wirklich", sagte Rover und begann, in ihre Stöckelschuhe zu schlüpfen.

„Sie hat ihm ihre Handynummer gegeben", sagte er zu sich selbst nahezu fassungslos, wenn er auch nicht verstand, warum.

„Wir plaudern ein bisschen. Wir essen ein bisschen. Wir trinken etwas. Wir trinken vielleicht auch etwas mehr. Und wenn die Sonne aufgeht, bin ich wieder da."

Butler Gerald sog laut und vernehmlich die Luft ein, die ihm mit einem Mal nicht mehr zum Atmen reichte.

„Was redest du da?" fragte er sie.

„Vielleicht besuchen wir nach dem Essen noch ein oder zwei von diesen schicken Clubs? Oder vielleicht machen wir einen Spaziergang im Mondschein?"

„Rover? Weißt du, was du da sagst?"

„So", bemerkte sie, als sie sicher in ihren Stöckelschuhen stand.

„Rover? Sieh mich an: Ist das alles nur ein Spiel für dich?"

„Was glaubst du denn?" fragte sie zurück. „Es ist wirklich keine große Sache. Ich geh nur mal kurz raus an die frische Luft. Viel zu lange bin ich nicht mehr rausgekommen. Und weißt du was? Dir würde das auch mal ganz gut tun."

„Du weißt nichts von ihm."

„Doch. Ich weiß, dass er nett ist. Damit weiß ich mehr als du. Du bist wie alle Männer. Du weißt gar nichts. Du kennst nur deine Eifersucht, die du für Liebe hältst."

„Das ist hier nicht der Punkt. Verstehst du nicht? Ich-"

„Ich verstehe sehr wohl", schnitt sie ihm das Wort ab. „Du meinst, du besitzt mich. Du meinst, du kannst ohne mich nicht mehr leben. Du bist der festen Überzeugung, wir müssen auf ewig und immer beisammen sein." Sie lächelte süß: „Erde an Raumschiff: Dem Mann zu erlauben, dass er sein widerlich glitschiges Stück toten Fleisches in eines der feucht-warmen Löcher im Körper der Frau rammen darf, bedeutet gar nichts. Rein gar nichts. Es gibt dir keinerlei Recht auf mich."

Er schwieg.

„Habe ich Recht oder habe ich Recht? Hmmh! Du sagst nichts." Sie wandt sich von ihm ab. „Gute Nacht", sagte sie und ging.

Er blieb sitzen. Er war unfähig, sich zu rühren.

„Verdammt!" rief er schließlich und schlug mit der flachen Hand auf den Tisch.

Butler Gerald versuchte, sich wieder auf seine Arbeit zu konzentrieren. Sie hatte ihn in einer Weise ausgekontert, wie er das zuvor nicht ein einziges Mal in seinem ganzen Leben erfahren hatte. Immer und immer wieder rief er sich ihre Worte ins Gedächtnis. Er suchte nach einem Punkt, an dem er, hätte er anders reagiert, sie davon hätte abhalten können, zu verschwinden. Er fand diesen Punkt nicht. Alles war viel zu sehr im Fluss. Es gab keine Anhaltspunkte, es gab nur Bewegung. Er gab es auf, weiter zu arbeiten.

Butler Gerald stand auf. Er zog sich seine Schuhe an und machte sich auf den Weg. Er hatte sich entschieden, ins Kino zu gehen. Er wollte sich einen Film ansehen, der ihn abhalten sollte, seinen Gedanken in Ellipsen nachzujagen. Zu seiner Erleichterung gab es in dem Kino, das er aufsuchte, solch einen Film.

Nach dem Kino entschied er sich, noch ein wenig durch die Straßen hinter dem Kino zu schlendern. Dabei kam in ihm die Hoffnung auf, dass sich Rover vielleicht bei ihm entschuldigen wolle, weil sie eingesehen habe, wie sehr sie sich im Unrecht befand. Er holte sein Handy hervor und schaltete es ein. Augenblicklich begann es auch zu klingeln.

„Rover?"

„Oh, But! Dem... Himmel sei... Dank!"

„Rover? Was ist? Du klingst ganz außer Atem."

„Immer wieder... nicht ran- ... -gegangen. Sparks-"

„Rover?" unterbrach Butler Gerald sie. „Rennst du? Ich kann dich kaum verstehen."

„Hilfe! But… Sparks…", keuchte es aus dem Hörer.

Butler Gerald stand augenblicklich unter Spannung. „Rover? Wo bist du?" rief er.

Sie nannte ihm eine Straße. Er schaute auf. Er lief ein Stück vor, dann schaute er nach links in eine dunkle Seitenstraße.

„Rover?" rief er in sein Handy. „Ich glaub, ich seh dich. Ich bin gleich bei dir. Kein Scherz!" Er schaltete das Handy aus und rannte in die Straße hinein, auf die Schemen zu, die er weit vor sich auszumachen meinte.

In dem Augenblick, in dem Rover endlich Butler Geralds Stimme in ihrem Handy vernommen hatte, war ein Gefühl von Erleichterung über sie gekommen. Ohne es zu wollen, wurde sie langsamer und ihr Verfolger holte auf. Er war zwar nicht gerade viel schneller als sie, doch trug er im Gegensatz zu ihr noch seine Schuhe. Sie hatte sich ihrer Stöckelschuhe längst entledigt, die eher dazu geeignet waren, sich einfangen zu lassen als seinem Jäger zu entkommen.

Sie hatte immer noch nicht verstanden, was sich da im Wagen von Nick Sparks abgespielt hatte. Doch es musste nichts Gutes sein, wenn sie sich hier im zerfetzten Abendkleid und barfuß vor ihm davonlaufend wiederfand. Wenn nur endlich Butler Gerald käme, der mal wieder Recht behalten hatte…

Sie merkte gar nicht, wie aus der Dunkelheit etwas auf sie zugeschossen kam. Erst als es kurz vor ihr auftauchte, wurde sie dessen gewahr und wollte instinktiv zur Seite springen. Doch da hatte es schon einen Bogen gemacht, war an ihr vorbei und raste unerbittlich auf ihren Verfolger zu. Sie wollte wissen, was passierte und drehte sich im Vorwärtslaufen nach hinten um. Die in unterschiedlichen Richtungen zielenden gleichzeitig ablaufenden Bewegungen brachten sie aus dem Gleichgewicht. Sie stürzte zu Boden, wobei sie sich überschlug. Benommen blieb sie auf der Straße liegen, im Blick das, was bis gerade eben hinter ihr war.

Sie sah, wie Butler Gerald auf ihren Verfolger zusprang. Mit weit ausgestreckten Armen, die immer länger und breiter wurden, bis sie Flügeln zu gleichen schienen, flog er auf den Gegner zu, der seinerseits aus dem Lauf mit weit ausgestreckten Armen auf ihn lossprang.

Hoch über den Boden krachten sie ineinander und gingen mit der Gewalt eines Meteoriten nieder. Der Boden erbebte unter dem Aufschlag. Rover schien es, als hätten sich verschiedene Arten von Dunkelheit ineinander verkeilt und rängen miteinander, wobei sie links und rechts, oberhalb und unterhalb von ihnen eine Schneise der Zerstörung in das Stadtbild schlagend einem Pinball gleich durch den Raum flipperten. Keiner der Kämpfenden gab dabei einen Ton von sich.

Da traf ein Fußtritt mit voller Wucht einen Brustkorb, und Butler Gerald löste sich von seinem Gegner, flog rückwärts durch die Luft, wirbelte umher und schlug hart auf den Asphalt auf, über den er noch mehrere Meter schlitterte, bis er zu einem Halt kam. Er war jedoch sofort wieder auf den Beinen, um sich erneut auf seinen Gegner zu werfen. Von dem war aber nichts mehr zu sehen.

Butler Gerald hastete zu Rover, die noch immer fassungslos auf der Straße lag.

„Alles okay?" fragte er, als er sich neben ihr niederkniete.

„Es tut mir..." begann sie und wurde von ihren eigenen Tränen abgewürgt.

Butler Gerald half ihr, wieder auf die Beine zu kommen. Dann hielt er sie in seinen Armen, so lange, bis sie sich von ihm löste: „Bitte lass uns heimgehen", bat sie ihn.

Im Taxi übermannten Rover erneut die Tränen. Butler Gerald wollte sie wieder in den Arm nehmen, doch sie stieß ihn zurück und starrte nach vorn.

„Sie wissen, wer ich bin. Sie wissen es. Darum sind sie hier, um mich zu töten. Ich bin eine Gefahr für sie", sagte sie dann leise.

Butler Gerald starrte sie entgeistert an. „Was redest du da?"

„Sie wissen, dass ich nicht von hier bin. Sie wissen, warum ich hier bin. Darum wurden sie geschickt, um mich zu stoppen." Rover starrte weiter geradeaus.

„Wer sind ‚sie'?"

„Sparks und Maude. 'S sin' 'türlich nich' ihre wirklichen Namen. O!-" unterbrach sie sich selbst.

„Was?" fragte er, während er darum kämpfte, dass sie sich wieder in den Arm nehmen ließ.

„Sie wissen auch, wer du bist."

Sie lachte aus unerfindlichen Gründen.

„Ich sei ein Leser, meinte er." Ihr Lachen verschwand, wie es gekommen war, und sie ließ ihn endlich gewähren.

„Sch! Ganz ruhig. Alles wird gut", flüsterte er ihr besänftigend ins Ohr.

„Was hat deine Chalida nur getan?" fragte sie leise und sackte dann in sich zusammen. Sie begann, Unverständliches vor sich hin zu brabbeln.

„Na prächtig", dachte Butler Gerald, während er sie weiter in den Armen hielt und beruhigend auf sie einsprach.

Das erste, was Rover sagte, als sie daheim angelangt waren und das Häuschen betreten hatten, war: „Mir ist kalt."

Und wirklich: Rover zitterte nicht nur am ganzen Körper, sie fühlte sich auch eiskalt an. Butler Gerald brachte sie unverzüglich nach oben und rief den Arzt an, der so bereitwillig Hausbesuche machte. Der kam auch sofort und bestätigte Butler Geralds Vermutung: Rover stand unter Schock.

Wie schon beim ersten Mal stellte der Arzt keine unnötigen Fragen und schickte Butler Gerald aus dem Raum, als er ihm zuviel wurde. Erschöpft ging Butler Gerald nach unten, wo er sich auf die Couch fallen ließ.

Wenig später tauchte Schneekrähe auf. Sie näherte sich Butler Gerald zunächst, als würde sie ihn nicht kennen. Dann jedoch sprang sie herbei und rieb ihr Köpfchen an seinen Hausschuhen, bevor sie sich lang hinlegte und sie mit ihren Vorderpfoten umgriff. Keine zwei Sekunden später war sie wieder auf den Beinen, machte einen Katzenbuckel und fauchte ihn an, um fünf Sekunden später verspielt um seine Beine zu streichen, um darauf etwas zu vollführen, was er überhaupt nicht mehr einzuordnen vermochte und ihn mit einem gewissen Maß an Entsetzen füllte.

„Was ist dein Problem?" fragte er und stand auf.

Schneekrähe machte einen Satz rückwärts und begann sich dann anal zu lecken. Butler Gerald war so schnell bei ihr und hatte sie gepackt, dass sie nicht wusste, wie ihr geschah, als er sie in die Luft hob und schüttelte.

„Kaum sind bei der einen die Sicherungen durchgeknallt, da dreht auch schon die andere durch, was? Alles, wie es sich gehört. Alles wunderprächtig!"

Schneekrähe wusste weder, wo und wie und was, und mochte gar nicht, was er da mit ihr tat. Sie fauchte ihn wütend an und versuchte, sich gegen seinen Griff zu wehren.

„Was ist denn nur los mit dir?" fragte er und setzte sie ab. Da ihm längst alles zu bunt geworden war, wartete er gar nicht erst eine Antwort von ihr ab, sondern rief die Tierärztin an.

„Es ist schon sehr spät", sagte sie. „Meine Schicht ist gerade abgelaufen."

„Bitte tun Sie mir das nicht an. Die Katze spielt komplett verrückt."

„Sicher hat es noch bis morgen Zeit. Einen Amoklauf begehen verrückte Katzen zum Glück nicht, wie wir alle wissen."

„Bitte. Für was immer ich Ihren Unmut auf mich gezogen habe, lassen Sie es nicht an der Falschen aus."

Die Tierärztin erwiderte nichts.

„Bitte! Ich brauche sie. Die Katze braucht sie."

<Ich bin unterwegs>, sagte die Tierärztin und legte auf.

<Herzlichen Glückwunsch>, sagte die Tierärztin eine halbe Stunde später, nachdem sie Schneekrähe kurz untersucht hatte, <Ihre Katze ist schwanger!>

<Was?> rief Butler Gerald und schaute von der Tierärztin zu Schneekrähe und dann wieder zur Tierärztin. <Woher?>

<Das müssen Sie nicht mich fragen. Fragen Sie das die werdende Mutter>, gab ihm die Tierärztin zur Antwort.

Butler Gerald nahm Schneekrähe in den Arm und streichelte sie, was sie sich gefallen ließ. „Nun weiß ich, warum du so dick geworden bist. Und ich dachte schon, Rover füttert dich heimlich. Bitte verzeih, dass ich vorhin so grob geworden bin." Er wandte sich an die Tierärztin: <Wann ist sie fällig?>

<Bald. Sehr bald.>

Schneekrähe begann zu schnurren.

<Sie können gut mit Tieren>, bemerkte die Tierärztin. Sie trat zu Butler Gerald und strich Schneekrähe über das Fell. <Sie kümmern sich um sie. Sie sorgen sich um sie. Sie sind für sie da. Ich frage mich, ob sie nur zu Tieren so gut sind.>

Ihre Hand berührte die seine.

<Mr. Butler>, kam es da oben von der Treppe herab. Die Tierärztin und Butler Gerald lösten sich erschrocken voneinander, während Schneekrähe auf den Boden sprang und in die Küche lief.

<Mr. Butler>, sagte der Arzt noch einmal.

<Wie geht es ihr?> fragte Butler Gerald.

<Darüber will ich mit Ihnen reden>, sagte der Arzt.

<Das ist mein Stichwort>, bemerkte die Tierärztin. <Rufen Sie mich morgen in der Klinik an. Ich erzähle Ihnen dann, worauf sie bei Ihrer Katze zu achten haben.>

<Ja. Haben Sie ganz großen Dank. Was würden wir nur ohne Sie tun?>

Die Tierärztin verabschiedete sich und Butler Gerald stieg die Treppen hinauf. Der Arzt erwartete ihn in dem Schlafzimmer von Butler Gerald und Rover, in dem Rover jetzt lag und friedvoll schlief.

Der Arzt berichtete knapp von dem, was er getan hatte. Er gab Butler Gerald detaillierte Anweisungen und eine Liste mit Medikamenten, die er zu besorgen hatte. Anschließend brachte Butler Gerald den Arzt nach unten. Schneekrähe lag auf der Couch, sprang aber augenblicklich auf und kam zu ihnen gelaufen.

<Gratuliere Ihnen zu dem freudigen Ereignis. Erzählen Sie Ihrer Freundin davon. Sie wird sich sicher freuen>, sagte der Arzt, bevor er zu seinem Wagen ging und wegfuhr.


Der Arzt sollte Recht behalten. Kaum hatte Butler Gerald Rover die frohe Botschaft verkündet, wurden ihre Augen ganz groß. Sie packte ihn an den Armen und zog ihn zu sich aufs Bett. Sie sprangen vor Freude auf dem Bett herum, bis Butler Gerald in Rovers Armen landete und sie sich liebten.

„Und wer ist nun der Vater?" fragte Rover Stunden später.

„Damit will sie nicht herausrücken."

„Vielleicht ist es die weiße Krähe?"

„Wie werden dann nur die Jungen aussehen?"

„Lecker! Kaffee mit Sahne."

Wenige Tage später barst Rover fast vor Glück, als Schneekrähe unter der Obhut von ihr und mit dem Beistand der Tierärztin, die es sich nicht hatte nehmen lassen, dem Ereignis beizuwohnen, sechs Jungen zur Welt brachte. Bis auf eines waren sie alle kaffeebraun wie ihre Mutter. Die einzige Ausnahme davon war weiß mit schwarzen Kreisen an der linken Seite und einem schwarzen Schwanz und riesigen Ohren.

Rover war aufgekratzt und vollkommen überdreht. Sie umarmte und herzte Butler Gerald und die Tierärztin, sie lief hierhin und dahin und dorthin und wo sie gerade erst gewesen war. Sie wusste nicht, wohin mit ihrem Glück, bis sie sich in eine Ecke setzte und weinte.

Butler Gerald eilte zu ihr. Es sah nicht nach Freudentränen aus. Er kniete sich vor Rover und nahm ihre Hände in die seinen. Sie sah ihn verstört an.

„Ich bin's nicht. Ich bin's nicht. Bin's nicht. Niemals nicht gewesen. Ich bin's..."

„Was bist du nicht, meine Liebe?"

„... nicht. Ich... Ich weiß nicht."

Die Tierärztin gesellte sich zu Rover und Butler Gerald. Er bedeutete ihr, nichts zu sagen. Die Tierärztin nickte. Sie ließ die beiden allein und widmete sich wieder der frischgebackenen Mutter und ihrem Nachwuchs.

Butler Gerald brachte derweil Rover etwas von ihren Medikamenten. Nach dessen Einnahme stieg ihre Stimmung rasch wieder an. Bald lachte sie wieder und neckte Butler Gerald und die Tierärztin. Gegen Abend des gleichen Tages trug sie dann die Neugeborenen in einem kleinen Körbchen durch das Häuschen, ihnen ihr neues Daheim zu zeigen und dem Häuschen die neuen Mitbewohner vorzustellen: „Gestatten? Kinky, Linky, Minky, Trinky, Winky und Stinky geben sich die Ehre!" Sie glühte vor Stolz.

„Teletubbies live", dachte sich Butler Gerald nur. „Wer von ihnen ist Stinky?" fragte er Rover.

„Die kleine Weiße mit den großen Ohren."

Er sagte nichts darauf. Es war einfach zu offensichtlich, wonach der Name ausgesucht worden war. Aber die von

Rover vergebenen Namen erschienen ihm sowieso alle nur unwesentlich glücklicher als so einer wie ‚Lala'. Doch sei's drum, wenn es Rover nur glücklich machte, nicht wahr?

Wie sich zeigen sollte, hatte nicht nur Schneekrähe eine Sechser-Bande Jungen zur Welt gebracht, sondern auch Rover. Sie machte sich zur zweiten Mutter jener Sechser-Bande und ging voll in dieser Rolle auf. Butler Gerald ließ sie zunächst gewähren, da er sah, dass es ihr half. Doch im Laufe der Zeit kam es zu Auseinandersetzungen zwischen Schneekrähe und Rover um die Jungen. Nicht selten endeten diese Streitereien damit, dass Schneekrähe Rover eine wischte, die Jungen nahm und sie vor Rover versteckte. Butler Gerald griff in diesen Kampf um die Jungen ein, nachdem er Zeuge eines besonders heftigen Streits geworden war. Rover versprach, sich von nun an zurückzuhalten.

Es war eine Woche später, als Rover am frühen Nachmittag den Müll rausbrachte. Schneekrähe und ihre Jungen waren im Hof. Die Kleinen spielten vergnügt mit sich selbst, während ihre Mutter unter Butler Geralds Prachtstück krabbelte. Die weiße Krähe paradierte vor einem kleinen Trupp Spatzen auf der Hofmauer und ängstigte sie fast zu Tode. Auf dem Rückweg von der Mülltonne schaute Rover unter Butler Geralds Prachtstück. Schneekrähe lag dort auf dem Rücken und hatte alle Viere von sich gestreckt.

„Unter die Kakerlaken gegangen, was? So Mutter-Sein is' schon 'n scheiß anstrengender Job, nich', was?" sagte Rover zu Schneekrähe. „Aber ruh dich nur aus. Ich übernehm die Kleinen mal für 'nen Moment, wenn's recht is'."

Rover schaute sich im Hof nach den Jungen um, sie einzusammeln. Etwas stimmte nicht. Waren wirklich alle

Sechse im Hof? Stinky war jedenfalls da. Sie zählte die Jungen ab. Sie zählte die Jungen ein zweites und ein drittes und ein viertes Mal. Nur fünf von ihnen tollten, tapsten, kugelten und kabbelten umher und es waren und blieben bei jeder Zählung immer nur fünf.

Rover rannte ins Haus. Sie durchsuchte es von oben bis unten. Sie rannte zurück in den Hof. Sie inspizierte ihn auf das Genaueste. Auch die Mülltonne durchwühlte sie. Nirgends fand sie ein Anzeichen von... es musste Winky sein.

Rover lief vom Hof auf die Straße der Siedlung. Sie scannte jeden Quadratzentimeter. Endlich fand sie – mehrere Häuser weiter – das entlaufene Kätzchen.

Behutsam nahm sie das Kätzchen in ihre Hände und trug es zurück, wobei sie beruhigend auf es einsprach. Butler Gerald erwartete sie am Hoftor.

„Was ist passiert?" fragte er.

Rover hielt ihm ihre Hände entgegen, die eine Kuhle bildeten, in denen das Kätzchen eingerollt lag. „Schau", sagte sie.

Er musste schlucken.

„Ich bin eine schlechte Mutter", sagte sie.

Sie klappte zusammen.


<Wie haben Sie das nur hinbekommen, dass sie jetzt so ruhig ist? Ich meine, sie war ja schon ruhig, als Sie endlich eintrafen. Sie hätten sie sehen sollen, als sie wieder zu sich kam!>

Butler Gerald und der Arzt standen neben dem Bett, auf dem Rover tiefschlafend lag.

<Vier Tranquilizer>, gab ihm der Arzt zur Antwort. <Ich lass Ihnen eine ganze Dose davon da. Zur Sicherheit. Sie ist im Augenblick eine zu große Gefahr für sich selbst, was sie gleichzeitig zu einer großen Gefahr für andere werden lässt.>

<Was kann ich nur tun?>

Der Arzt sah auf Rover. <Ich mag meinen Beruf>, sagt er. <Für mich kam nie ein anderer in Betracht. Alles an ihm gefällt mir>, er schaute Butler Gerald an, <bis auf diesen einen Satz. Er sagt nichts. Er ist nichts weiter als eine Variation der Frage nach dem Warum: ‚Warum habe ich Krebs?' ‚Warum ist mir mein Kind genommen worden?' Es gibt ein Warum. Aber davon will keiner etwas wissen. Es geht allein um Trost. Was meinen Sie, warum Ärzte so viele Fragen an die Patienten oder ihre Angehörigen stellen? Es geht weniger darum, der Krankheit auf den Grund zu gehen, als darum, den Patienten und ihren Angehörigen zu signalisieren, dass da jemand für sie da ist und sie keine Angst zu haben brauchen, selbst wenn es keine Rettung gibt oder wenn der Arzt auch selber keine Rettung weiß.>

<Sie haben Recht. Aber ich weiß mir nicht anders zu helfen.>

<Sehen Sie? Sie wollen gar keine Antwort auf Ihre Frage.>

<Haben Sie denn eine?>

<Es sind zwei Dinge, die ich Ihnen rate. Erstens: Halten Sie Ihre Freundin heute Nacht ganz fest. Weichen Sie nicht von ihrer Seite. Zweitens: Machen Sie für sie so schnell wie möglich einen Termin bei – wie sagen die Amerikaner? – bei einem *shrink* aus. Wie oft wollen Sie mich noch zu sich rausrufen??>

Butler Gerald nickte und brachte den Arzt zu seinem Wagen.

In der Nacht träumte Butler Gerald davon, wie Rover und er sich im Bett bekriegten, mit Fäusten aufeinander losgingen. Sie gewann die Oberhand und versuchte ihn mit dem Kissen zu ersticken.

Der Wecker riss ihn aus dem Traum empor. Wecker? Er schlug nach dem Wecker und fiel dabei aus dem Bett. Nicht wirklich wach und noch benommen von dem Sturz blickte er umher: Er war allein. Er zog sich an einem der Bettpfosten hoch und stolperte halb bewusstlos aus dem Zimmer.

Vielleicht war Rover ja schon unten und hatte ihnen beide Frühstück gemacht, auch wenn es eigentlich seine Aufgabe war. Bei einer Tasse Tee könnte er zu sich kommen und Rover davon berichten, dass er kurz vor dem Einschlafen auf einen Namen für die weiße Krähe gekommen war: Atcharaporn. Der Name hatte einen guten Klang.

Auf dem letzten Treppenabsatz blieb er stehen. Er blinzelte mehrmals. War da nicht zu viel Licht? Doch das Bild blieb. Er rieb sich die Augen. Vielleicht war noch zu viel Schlaf in ihnen? Doch das Bild blieb unverändert. Er ohrfeigte sich. Vielleicht war er durch den Sturz nicht ganz klar im Kopf? Das Bild blieb unverändert.

Er ging schließlich zu Rover, die am Küchentisch saß.

„Was tust du da?" fragte er sie.

„Wonach sieht es denn aus?" fragte sie zurück.

„Ja: Wonach denn?"

„Also: Das ist eine kleine Plastiktüte, die ich hier in meinen Händen halte. Darin befindet sich eine Mischung aus Klebstoff, Feuerzeug-Benzin und Lösungsmittel aus einer Flasche, die ich im Bad gefunden habe", erklärte sie, währenddessen sie stoßweise in die Tüte ein- und ausatmete. „Besseres gab's nicht."

„Und das ganze Pillenzeugs?"

„Es hilft, But. Glaub's mir."

„So?"

„Was ist dein gottbeschissenverdammtes Problem, du verklemmter alter Wichser? Fotzenschmierstoff?" Sie kreischte ihn an: „ES. HILFT. MIR!! KRIEGST DU DAS NICHT IN DEINEN VERFICKTEN SCHÄDEL??"

„Nein."

„Was hast du gesagt? Sprich lauter, Arschficker", schrie sie und atmete wieder stoßweise in die Tüte.

„Nein habe ich gesagt."

„Dein Problem."

„Nein", sagte er. „Deins."

„Gott, was faselst du da? Sprich LAUTER!"

„Ich habe gesagt, dass deine Zeit hier abgelaufen ist."

„Wovon träumst du nachts?"

Er ging zum Eingang des Hauses und schob die Türen weit auf.

„Ach ja, na klar!" Sie lächelte.

Er kam zu ihr zurück. „Bei ‚3' bist du draußen."

„Ansonsten?"

Seine Hand schnellte vor und riss ihr die Tüte aus der Hand. „Ansonsten? Ansonsten brauchst du das, was ich hier in meinen Händen halte, nicht mehr, um dich umzubringen."

Rover machte einen Satz auf Butler Gerald zu, um ihm die Tüte wieder zu entreißen. Er wich jedoch zur Seite aus, und sie schlug der Länge nach hin.

„Wie man sich bettet, so liegt man. Altes deutsches Sprichwort", sagte er, derweil sie sich vom Boden erhob.

„Jetzt zeigt sich, wer du wirklich bist. Du bist ein Zyniker wie alle anderen auch. Ich krepiere vor Angst, ich schreie um Hilfe – und du denkst nur an deine Geschichte. Ich brauch dich. Ich brauch dich jetzt. Doch du sitzt nur da und presst mein Leben in irgendsone... Backform. Und wenn der Kuchen dann anbrennt, wirfst du mich wie der letzte Dreck aus deinem Leben fort. Du schickst mich weg."

„Rover! Wie ein romantischer Dichter schrieb: ‚Es steckt ein Lied in allen Dingen', ja. Aber das ist auch alles. Du bist du. Du bist wirklich. Alles um uns ist wirklich. Nichts davon ist Literatur. Ich bin mir dessen bewusst. Du bist es, die fortwährend die beiden Dinge durcheinanderbringt und vermengt."

„Das bedeutet es also, ein Leser zu sein", erkannte Rover verblüfft.

„Was?"

„Du meinst, ich bin ich? Wer ist ‚Ich'? Ich habe nichts. Ich kann nichts. Ich bin nichts. WER BIN ICH?"

„Die Frau, die mich liebt. Die Frau, mit der ich zusammenlebte – bis grad eben."

„Was hat das mit mir zu tun?"

„Du bis- ...warst Teil meines Lebens."

„Wie pass ich denn da rein, wenn du mich nicht liebst?"

„Ich habe nicht gesagt, dass ich dich nicht liebe."

„Aber wie soll ICH denn dann da bitteschön reinpassen?"

„Akzeptiere endlich, was du geworden bist, und lass dir helfen."

Rover fuhr zusammen. Sie rollte sich unter Stöhnen zu einem Ball zusammen.

„Nicht!" schrie sie, als sie merkte, dass Butler Gerald ihr zur Hilfe kommen wollte. Langsam richtete sie sich wieder auf. Sie hielt sich nur mühsam aufrecht, schwankte, drehte sich aber plötzlich um und rannte aus dem Häuschen über den Hof auf die Straße.

„Verdammt!" schrie Butler Gerald. Außer sich schleuderte er die Tüte zu Boden. „Verdammt, verdammt, verdammt, verdammt, verdammt", schrie er unablässig und schlug mit der Faust mehrmals auf den Küchentisch. Dann nahm er die Verfolgung auf.

Rover hatte einen großen Vorsprung auf ihn. Doch irgendetwas schien sie beim Laufen zu behindern. Butler Gerald konnte nicht erkennen, was es war, als er rasch zu ihr aufholte.

Rover rannte die Straße der Siedlung hinunter, die nach mehreren hundert Metern in die Hauptstraße einmündete, auf der zu dieser frühen Stunde kaum Verkehr ging.

Rover blieb nicht stehen, als sie die Hauptstraße erreichte, sondern stürmte einfach weiter, ohne auf den Verkehr zu achten.

Auch Butler Gerald achtete nicht auf den Verkehr. Er hatte sie fast eingeholt. Er musste nur noch die Arme ausstrecken und zupacken.

Rover fühlte, wie nah ihr Butler Gerald war. Sie beschleunigte trotz großer Schmerzen ihr Tempo für zwei Schritte und sprang. Ein Auto verfehlte sie haarscharf. Sie drehte sich um. Butler Gerald stand genau in der Mitte der Straße.

„Was für Pläne hattest du mit mir gehabt? Was planst du nun für mich?" schrie sie völlig außer Atem.

Auch Butler Gerald war völlig außer Atem. Hätte sie nicht beschleunigt, er hätte sie jetzt. Und wär das eine Auto nicht gekommen, ständ sie jetzt nicht auf dem sicheren Bürgersteig ihm gegenüber und verhöhnte ihn. Er hatte verstanden, was sie ihm zugerufen hatte, doch verstanden hatte er es nicht. Ihm war nur klar, dass er verlor, kam er nicht bald mit einem Plan.

Genau in dem Augenblick, in dem er den Mund aufmachte, sah er sie vorpreschend auf ihn zufliegen. Ihre vorgestreckten Arme trafen ihn voll vor die Brust, so dass er abhob und rückwärts durch die Luft segelte, bis er hart auf dem Bürgersteig hinter ihm landete und dort benommen liegen blieb, derweil Rover voll von dem Auto erfasst wurde. Sie schlug mit Kopf und Oberkörper gegen die Motorhaube, wurde nach oben katapultiert, knallte mit dem ganzen Körper gegen die Windschutzscheibe, überschlug sich auf dem Dach, während das Auto unbeeindruckt weiterraste, wirbelte kopfüber in eine Mauer, krachte in sie und poppte von dort auf den Bürgersteig auf. Augenblicklich bildete sich eine große und rote Lache um Rover.

Butler Gerald versuchte, wieder auf die Beine zu kommen, zu Rover zu gelangen. Doch er schaffte es nicht, aufzustehen. Er konnte sich jedoch zwingen, auf allen Vieren Stück um Stück auf sie zu und in eine immer dichter werdende Dunkelheit hineinzukriechen.

Es war ihm, als hörte er immer noch das Aufkreischen Rovers, als er in die Dunkelheit abstürzte.

Es war später Nachmittag, als Butler Gerald nach mehreren Tagen Krankenhaus, nach mehreren heftigen Querelen mit der Polizei und nach etwas, dass er am liebsten sofort wieder vergessen hätte, wieder zu Hause ankam.

Hoftor und Schiebetüren standen weit offen. Er scherte sich nicht drum. Was gab es denn noch in dieser Bruchbude zu stehlen, nachdem sein größter Schatz in Rauch aufgegangen war?

Unvermittelt blieb er jedoch im Eingang des Hauses stehen. Da saß eine Frau am Küchentisch und las das Manuskript, an dem er in den letzten Monaten gearbeitet hatte.

<Es ist an der Zeit>, sagte die Frau, bevor sie das Manuskript auf den Küchentisch zurücklegte und sich ihm zuwandt: <Die Ferien sind vorbei.>

Es war die Tierärztin.

Butler Gerald setzte sich wieder in Bewegung. <Hab Dank...>

<Stets zu Diensten!>

<... oder besser noch: Hab keinen Dank, dass du mich *daran* erinnern musstest>, beendete Butler Gerald seinen Satz. Er ließ sich auf die Couch fallen. Ein tiefer Seufzer entrang sich ihm. Müde starrte er vor sich hin. „Warum bist du hier, Lynn Kickpatrick?" fragte er.

Lynn Kickpatrick spielte mit einem Ring am Finger, schwieg.

„Wir hatten zu wenig Zeit", sagte Butler Gerald.

Lynn Kickpatrick schaute ihn an und... schwieg weiterhin.

„Es ist zu früh. Kannst du das nicht sehen? Ich... Ich bin noch nicht so weit. Ich brauch noch Zeit." Butler Gerald vergrub das Gesicht in seinen Händen.

Lynn Kickpatrick wartete noch einen Augenblick und klopfte dann auf das Manuskript: „Das hier erzählt mir eine ganz andere Geschichte. Ich hab's gelesen, wie ich all deine Romane gelesen habe. Bei deinem ersten Versuch mit der Schmach der Niederlage und mit ihrem Verlust fertig zu werden, da wusste ich: DU hast noch einen langen Weg vor dir. Aber jetzt, zehn Jahre und fünfzehn Romane später ist es ganz offenbar: Du hast die Schmach überwunden und den Verlust verwunden. Du hast dich von den Ketten der Vergangenheit befreit."

„Was faselst du da nur? Es ist nichts weiter als Literatur. Fünfzehn Romane. Und sie sind nichts weiter als ein Zusammengestöpseltes aus Geklautem, Gefundenem und Ausgedachtem", sagte Butler Gerald auf seine Hände starrend.

„Du weißt, dass es wahr ist. Du warst dabei. *Wir* waren dabei."

„Ich habe sie nicht halten können", sagte Butler Gerald zu sich selbst, immer noch auf seine Hände starrend.

„Wenn auch alles wahr ist, so gibt es trotzdem einen Punkt, in dem du dich geirrt hast: Rover. Sie war nie die, für die du sie gehalten hast."

Butler Gerald schaute auf und sah, wie Lynn Kickpatrick aus einem Aktenkoffer, den er bei sich hatte, eine von einem dicken Gummiband zusammengehaltene Akte hervorholte und sie ihm entgegenhielt.

„Nimm dir die Zeit", sagte Lynn Kickpatrick.

Butler Gerald nahm die dicke Akte, entfernte das Gummiband und begann, in ihr zu blättern und die Informationen auf den einzelnen Seiten zu scannen.

Ihr richtiger Name war Miriam Ruth gewesen. Sie war 28 Jahre alt gewesen. Sie war amerikanische Staatsbürgerin gewesen. Sie war eine Kleinkriminelle mit mehreren Vorstrafen gewesen. In ihren Kreisen war sie als ‚Razor' bekannt gewesen. Sie war heroinabhängig gewesen. Sie hatte ein Baby gehabt, das unter ihrer Obhut verhungert war. Sie hatte Schulden gemacht, die sie nicht zurückzahlen konnte. Darum war sie nach Thailand geflohen mit einem Plan in der Tasche. Es war ein Plan gewesen, der nicht aufgegangen war.

„Wie kamen sie nur auf den Namen ‚Miriam Ruth'? Großmutter heißt Rebecca Ruth, Mutter Rachel Ruth. Durchbrechen des Paradigmas mit ‚Miriam'. Aber nur einerseits. Andererseits bleibt es erhalten. Jedenfalls ungewöhnlich: so und so. Rasiermesserscharf war sie auf jeden Fall, wenn ihr auch der Name ‚Buthead' besser gestanden hätte", dachte Butler Gerald beim Überfliegen der Seiten. Auf der letzten Seite angelangt schloss er die Akte.

„Und nachdem ich all das gelesen habe, soll ich nun wissen, wer sie wirklich war? Ist das dein Plan, Lynn?"

„Ich will mich mit dir nicht über den Charakter von Miss Ruth streiten. Der steht hier auch gar nicht zur Debatte. Du sollst nur endlich begreifen, dass sie nie die war, die du in ihr gesehen hast."

„Und was war sie deiner Meinung nach?"

„Ein Nichts."

Butler Gerald pfefferte die Akte in Richtung Lynn Kickpatrick. Lynn Kickpatrick duckte sich kurz und die Akte flog gegen den Kühlschrank. Sie klappte auf und ihr Inhalt ergoss sich über den Boden.

Sie schauten sich an.

„Woher hast du all diesen Dreck, Lynn? Das Beschaffen von Wissen war noch nie deine Stärke."

„Ich hatte Hilfe."

„Von wem?"

„Du kennst sie hier unter anderen Namen."

„Ach! Ich kenne sie?"

„Sparks und Maude. Die Atcharaporn haben sie hergeschickt. Es sind in Wirklichkeit Nogad und Nigurt."

„Sooo. Du arbeitest also mit dem Feind zusammen. Na prächtig!"

Butler Gerald schwieg. Er wartete darauf, dass sich Lynn Kickpatrick weiter erklärte. Als dieser aber seinerseits beharrlich schwieg, sagte er schließlich: „Ich verstehe."

„Was? DU verstehst GAR NICHTS. Wir hatten das gleiche Ziel. Aber nur bei der Suche nach Informationen über Miss Ruth haben wir zusammengearbeitet. Ansonsten hatte ich nichts mit ihnen zu tun. Sie waren es, die es einfach nicht mehr abwarten konnten."

„Ich verstehe."

„Du hast nichts verstanden. Sonst hättest du nicht die ganze Zeit mit diesem Nichts von Miss Ruth vergeudet. Obwohl: Ich gebe zu, ein Talent besaß sie. Sie war ein Leser. Und ja, sie spielte eine nicht ganz unbedeutende Rolle in diesem Spiel – als Stichwortgeber. Diese nicht ganz unbedeutende Rolle bekam sie aber nur, weil dieser verrückte Vogel auf eigene Faust meinte handeln und den Helden markieren zu müssen, wobei er – wie so oft – ab einem bestimmten Punkt den Anschluss verlieren und dann – auch das typisch für ihn – Miss Ruth natürlich mit jemand anderem verwechseln musste! Als wär das nicht genug, musstest du dann auch noch mit einem Male das Gute in dir entdecken und dich in die Nächstbeste verlieben! Es war von Anfang an nichts, denn sie war nichts als ein dämlicher Unfall! In Wirklichkeit ging es nie um Miss Ruth. Es ging einzig und allein und von Anfang bis jetzt um Schneekatze und ihre Jungen!"

„WAS?"

„Hast du es immer noch nicht begriffen? Schneekatze und ihre Jungen sind der Kern deiner neuen Armee, die du gegen die Atcharaporn ins Feld führen wirst."

„Wow! Habt Ihr ja alles bis ins Letzte geplant!" rief Butler Gerald aus. „Und wie passt Atcharaporn da hinein? Welche Rolle kommt ihr zu?"

„Dieser blöde Vogel hat seine Rolle schon gespielt. Er könnte aber weiterhin nützlich für uns sein. Doch kann man ihm trauen? Niemand mag Verräter."

„Eben."

Lynn Kickpatrick entgegnete nichts darauf.

Sie starrten sich an.

„Du meinst also", nahm Butler Gerald das Gespräch einige Minuten später wieder auf, „dass es den Preis eines Mordes wert ist, mich ins Spiel zurückzuholen."

„Wie ich dir schon zu verstehen gegeben habe, habe ich damit nichts zu schaffen. Wenn du mich aber fragst, ob ich gutheiße, was Nogad und Nigurt getan haben, dann sage ich laut: JA. Du hast eine Verantwortung deinem Volk gegenüber. Und du hast kein Recht mehr, dich noch länger davor zu drücken. Zuviel steht auf dem Spiel!"

Butler Gerald sprang hoch, packte Lynn Kickpatrick und schüttelte ihn durch und durch: „Sie war schwanger!" schrie er ihn an. „Hörst du? Sie war schwanger."

„Sind sie das nicht immer?"

„Du Schwein!" kreischte Butler Gerald, wirbelte Lynn Kickpatrick über seinen Kopf und schleuderte Lynn Kickpatrick zu Boden.

Lynn Kickpatrick war schnell wieder auf den Beinen und baute sich vor Butler Gerald auf. Butler Gerald hatte fast all seine Wut in diesem Ausbruch aufgebraucht. Erschöpft betrachtete er Lynn Kickpatricks Balzverhalten. Er winkte ab.

„Was ich aber nicht so ganz verstehe, Lynn: Wenn ich ihnen so wichtig bin, warum wollten sie auch mich töten?"

„Wer sagt, dass sie dich töten wollten? Wenn der Feind, gegen den man Krieg führen will, seine Zeit in einer anderen Welt mit Nichtigkeiten verplempert, müssen diese Nichtigkeiten eben beseitigt werden, damit sie den Feind nicht mehr vom Eigentlichen abhalten. Glaub ja nicht, dass sie nicht genau wussten, was sie taten."

„Schweig", brüllte Butler Gerald und wandte sich von Lynn Kickpatrick ab.

Stille. Warten.

„Geh jetzt", sagte Butler Gerald endlich. „Geh zu ihnen. Spielt Eure Spielchen, wenn ihr es denn nicht lassen könnt. Doch zählt dabei nicht auf mich. Ich bin dieser Art Spielchen entwachsen."

Lynn Kickpatrick blieb, wo er stand. Er verschränkte die Arme. Er wartete weiter. Doch Butler Gerald drehte sich nicht wieder zu ihm um. Schließlich verlor er die Geduld: „Von mir aus. Spiel du weiter den Gekränkten und verplemper deine Zeit mit dem Erzählen langweiliger Altweibergeschichten voll eingeschimmelter Erinnerungen und eingepisster Herrenwitze. Es ist dein Leben, was du da zwecklos vergeudest. Ich gehe. Aber ich gehe nicht allein! Ich nehme Schneekatze und ihre Jungen mit mir."

Lynn Kickpatrick steckte zwei Finger in den Mund und stieß einen Pfiff aus. Wie auf Befehl tauchte Schneekatze auf. Ihre Jungen hinterdrein. Lynn Kickpatrick führte die Gruppe zu Butler Geralds Prachtstück. Er öffnete eine der hinteren Beifahrertüren für die Katzen, die sogleich eine nach der anderen in den Wagen kletterten.

„So! Nicht nur die Katzen, auch das Auto nimmst du mir! Was ist mit Atcharaporn? Willst du sie mir nicht auch noch wegnehmen?" fragte Butler Gerald, ohne sich umzudrehen.

„Was denkst du denn?!" sagte Lynn Kickpatrick und klatschte in die Hände, woraufhin Atcharaporn angeflogen kam.

Lynn Kickpatrick schloss die hintere Beifahrertür, nachdem auch Atcharaporn im Innern des Wagens verschwunden war, und öffnete die Fahrertür.

„Ist es nicht komisch?" hörte da Lynn Kickpatrick Butler Gerald sich selber fragen. „Zehn Jahre bin ich in dieser Welt. Und solange, wie ich in dieser Welt bin, solange habe ich auch den Landrover. Zehn Jahre! Doch gefahren bin ich ihn nie!! Die ganzen zehn Jahre nicht ein einziges Mal."

„Das ist auch kein Wunder", rief ihm Lynn Kickpatrick zu. „Der Landrover ist ein Schlachtross."

„Von Pferden hatte er auch nie Ahnung gehabt", dachte Butler Gerald und sagte für Lynn Kickpatrick unhörbar leise, der sich gerade in den Fahrersitz geschwungen hatte und jetzt geräuschvoll die Wagentür zuschlug: „Das hier ist Bangkok. Autofahren ist was für Selbstmörder."

Lynn Kickpatrick ließ das Wagenfenster auf seiner Seite runterfahren und lehnte sich hinaus: „Ich will, dass du weißt, wie Leid es mir tut, dass es mit uns heute so endet, wie es gerade endet. Auch wenn du es mir nicht mehr glauben magst, so muss ich dir dennoch sagen, dass es mir wirklich Leid tut um Miss Ruth. Ich wollte doch nur, dass wir wieder wie früher gemeinsam in den Kampf ziehen und ich dir dabei als dein treu ergebener Waffenmeister dienen darf."

„Geh spielen", sagte Butler Gerald, ohne sich umzudrehen.

„Willst du dir das wirklich antun? Hier gibt es nichts mehr für dich!" machte Lynn Kickpatrick einen weiteren Versuch.

„Weil Ihr mir alles nehmen musstet", schrie Butler Gerald auf. „Was habe ich dir nur getan?" fragte er mit brechender Stimme.

Lynn Kickpatrick schaute zu, wie Butler Gerald weinte. Auch ihm kamen Tränen.

„Bitte komm! Was sind wir ohne dich? Wir brauchen dich! Ich brauche dich", flehte Lynn Kickpatrick Butler Gerald an. Dann wartete Lynn Kickpatrick.

Mit der Zeit bekam Butler Gerald wieder Kontrolle über sich. Er hatte sich keinen Zentimeter von der Stelle gerührt. Er hatte sich nicht zu Lynn Kickpatrick im Landrover umgedreht. Er war nicht schwach geworden.

„Immer noch hier?" fragte er.

„Ja, weil ich nicht verstehen kann, wie du die Mörder deiner Geliebten einfach so entkommen lassen kannst. Nogad und Nigurt sind sicherlich längst zurück. Und weißt du, was sie mir gesteckt haben, als wir nach Informationen über Miss Ruth gesucht haben? Dass sie seinerzeit auch-"

„**DIESE CLOWNS!**" jaulte Butler Gerald auf, dessen Körper mit einem Mal voller Leben war. Er wuchs, wurde größer und breiter. Hochspannung durchpulste ihn, riss ihn ausbrechend nach oben. Den Rücken gestreckt, die Flügel weit ausgebreitet, schwebte er im Raum – größer und immer größer und immer gewaltiger werdend. Blitze zuckten von den Klauen auf und entluden sich in einem Sturm aus schwarzem Licht und weißem Feuer um ihn. Er war kaum noch unter Kontrolle zu halten.

„Was zögert Ihr noch?" rief Lynn Kickpatrick Butler Gerald zu. „Kommt, Dunn Ringhill, Kriegsprinz der Chalida! Ein Krieg erwartet Ihrer!!" Ungeduldig startete Lynn Kickpatrick endlich den Wagen.

Im Zwielicht der Abenddämmerung sah Lynn Kickpatrick, wie sich der Angerufene widerstrebend endlich in Bewegung setzte. Langsam, sehr langsam drehte sich die finstere Gestalt zu ihm um.

„Jetzt wird's endlich interessant", dachte Lynn Kickpatrick glücklich und war tot.

# Credits

Idee: Februar 2551/15.03.2551/15.07.2551 (Anteile aus zwei Entwürfen zu anderen Geschichten in einem dritten Entwurf zu einer weiteren Geschichte eingebaut).
Entwickelt ab: 16.07.2551.
Handschriftliche Fassung: 16.07.2551 bis 21.07.2551 in Bangkok (Thailand).
Computerfassung: 22.07.2551 bis 28.07.2551 in Bangkok (Thailand).
Autor: Otaru Tomis.
2., überarbeitete Auflage.
Stand: 09.04.2011.
Herstellung und Verlag: Books on Demand GmbH, In de Tarpen 42, 22848 Norderstedt.
ISBN: 978-3-8423-5302-2.


Dank für die Inspiration durch ihre Arbeit und durch ihre Werke an: Brian Azzarello, Eduardo Risso, Patricia Mulvihill, Grant Goleash, David Johnson, Brian K. Vaughan; Heath Ledger, Morgan Freeman, James McAvoy, Angelina Jolie, Charlize Theron; Barbara Hambly, Douglas Kennedy, E. L. Doctorow, Paul Celan, Ingeborg Bachmann, Nicholas Sparks, Dennis L. McKiernan, Somtow Sucharitkul, Runemagick und Jethro Tull.
Dank für die Inspiration auch an: Bangkok (insbesondere an den Benjasiri Park neben dem Emporium und dem Kiosk dort am linken Eingang; an das Kino im Emporium; an die Buslinie 71 und an den BTS Skytrain)
Dank ebenso an: Marvel, Vertigo; Koethers & Röttsches, Kinokuniya und Wikipedia.
Ganz herzlichen Dank auch an: Chinda Sriratanasomboon, Joachim Wittkowski, Christine Wand-Wittkowski, Michaela Zimmermann, Ilse Wagenschütz, Silke Hahn, Mario Vito Schilliró und J. T. Baka.

*In Erinnerung an Chalida & Atcharaporn und an die junge Frau aus dem Kiosk im Benjasiri Park neben dem Emporium und an die beiden Katzen, die es schafften, in 128/324 zu gelangen.*